NOTRE ĀME NE PEUT PAS MOURIR

TARAS CHEVTCHENKO

NOTRE ÂME NE PEUT PAS MOURIR

Avant-propos d'André Markowicz

Traduit et préfacé par Guillevic

ÉDITIONS SEGHERS

Suivez nos parutions
sur www.editions-seghers.com

TRADUCTION POUR LES ÉDITIONS SEGHERS, 1964, 2022.

ISBN 978-2-232-14610-7

À soixante ans de distance, en guise d'avant-propos

Je ne parlerai pas de la vie de Taras Chevtchenko, le lecteur en aura une idée dans le tableau synoptique qui conclut le volume, mais voudrais tout de même souligner combien son destin a été exceptionnel. Né serf en 1814 (la même année que Mikhaïl Lermontov), racheté à son propriétaire par deux des plus grands artistes russes de l'époque (le peintre Karl Brioullov et le poète Vassili Joukovski), envoyé pourrir comme soldat aux confins de l'empire pendant près de dix ans par Nicolas Ier (qui avait donné l'ordre personnel de l'empêcher de dessiner et d'écrire), mort d'épuisement en 1861 à la suite des épreuves qu'il avait endurées, il a été l'un des plus grands créateurs en langue ukrainienne, auteur d'une œuvre titanesque dans les genres les plus divers, depuis la chanson populaire jusqu'à l'épopée, du poème lyrique à la satire la plus mordante, inventant pour chacune de ses œuvres sa propre forme et quasiment sa propre langue. Peintre et dessinateur hors pair – salué par Brioullov comme son élève le plus brillant –, il compte au nombre de ceux qui ont marqué le plus profondément la littérature et la langue ukrainiennes (il est ainsi à l'origine de son orthographe moderne). Cet homme au courage indomptable, à la volonté de fer, qui a passé sa vie à dénoncer la dictature qui le persécutait au jour le jour, est aujourd'hui considéré en Ukraine comme un poète et un héros national.

Le public français découvre l'œuvre de Chevtchenko et son aura singulière alors que fait rage la guerre d'agression lancée par l'armée de Poutine contre l'Ukraine. Les textes rassemblés ici sont pourtant issus du volume consacré en 1964 à Taras Chevtchenko dans la collection « Poètes d'aujourd'hui » (n° 110). À l'époque, il avait été publié avec l'aide directe du Parti communiste français et celle de l'URSS. Taras Chevtchenko était en effet un des poètes ukrainiens dont l'œuvre pouvait être récupérée (du moins extérieurement) par l'idéologie soviétique : il appelait à construire une Ukraine nouvelle, non pas contre la Russie en tant que telle mais contre la Russie impériale, et pouvait donc passer pour un précurseur de la Révolution. Le choix de textes sans doute effectué en concertation avec les rédacteurs du volume de 1964 (Maxime Rylski et Alexandre Deïtch, deux figures éminentes des lettres soviétiques) est remarquable en ce qu'il tente de faire connaître l'œuvre de Chevtchenko dans sa plus grande richesse, même si, bien évidemment, l'ensemble n'en donne qu'une infime partie.

La traduction de ce recueil avait été confiée à Guillevic, qui était alors (et depuis 1942) membre du Parti communiste français. J'ai connu Guillevic à l'âge de dix-huit ans, parce qu'il voulait traduire un poème inédit d'un poète inconnu, Iliazd (Ilia Zdanévitch, 1894-1975), et qu'Efim Etkind, avec qui je travaillais alors à une anthologie de la poésie russe, m'avait recommandé à lui pour lui faire un mot à mot. Je garde de celui que j'ai connu comme, me semblait-il, un vieil homme (il avait à peine plus de soixante-dix ans) une impression de grande force et de grande tendresse. Guillevic, qui, depuis 1964, avait traduit des dizaines de poètes, dans les langues les plus diverses, travaillait avec une passion et une attention qui ne laissaient pas de m'impressionner. Ce n'est pas seulement qu'il suivait le mot à mot que je lui donnais ; il demandait à entendre le texte en russe, m'interrogeait sur le mètre, sur les sonorités, travaillait, pendant des heures, sur un vers ou un autre, recommençait si j'avais l'audace de lui faire une remarque. Faites encore au début de son chemin de traducteur (il allait par la suite traduire, d'une façon remarquable, un grand nombre de poètes, surtout allemands, hongrois et polonais), certaines de ses versions de Chevtchenko sont admirables : ses ballades, surtout, me semblent de grandes réussites.

Le volume paru chez Pierre Seghers, donc, a été publié en 1964. Il y aura bientôt soixante ans. Entre 1964 et 2022, rien, ou quasiment rien de Chevtchenko (ni, hélas, d'aucun autre poète ukrainien) n'est paru dans une maison d'édition française de quelque importance. Cela seul montre l'indifférence et l'absence de curiosité abyssales dont le monde culturel français a fait preuve envers l'Ukraine. Il aura fallu les dix millions de déplacés, les trois millions de réfugiés et les dizaines de milliers de morts de la guerre lancée par le régime sanguinaire de Poutine pour qu'on se rende compte en France de l'existence, à nos portes, d'une littérature majeure et totalement inconnue.

André Markowicz

Préface

Quelle que soit l'opinion que l'on professe sur l'importance, pour la connaissance de l'œuvre d'un poète, des événements de sa vie, force est d'admettre que pour Chevtchenko l'évocation de ces événements est indispensable. C'est que chez lui l'activité artistique et l'action sont indissociables. Je parle d'activité artistique parce que Chevtchenko fut non seulement poète – et romancier et auteur dramatique – mais peintre. Il semblerait même qu'il ait considéré (et ses contemporains avec lui) que d'abord et surtout il était peintre.

Peintre ou écrivain, il vécut pour l'indépendance de l'Ukraine démocratique, et, pour cette cause, il ne cessa d'agir en révolutionnaire conséquent, participa à des organisations et des mouvements patriotiques. Il connut la prison, l'exil, la surveillance policière et l'interdiction de peindre et d'écrire.

Sa courte vie (1814-1861) fut bien remplie. On ne peut qu'être étonné par l'abondance de ses œuvres : ses très nombreux poèmes, dont certains sont fort longs (des milliers de vers), deux drames historiques, une vingtaine de romans, et ses dessins et ses tableaux, malgré le temps consacré à l'action et les années de prison et de forteresse. Une grande flamme était en lui ; l'enthousiasme l'a porté à travers sa vie.

Comme d'autres poètes de son temps, comme Mickiewicz, comme Petőfi, il apparaît à son peuple, il apparaît dans l'histoire en poète et en héros, plus exactement peut-être en héros-poète.

Pourquoi suis-je né dans ce monde ?
Pourquoi tant aimer mon Ukraine ?
Un moine

L'Ukraine ! Toujours l'Ukraine. Elle est présente partout dans les poèmes de Chevtchenko, comme elle l'était dans ses pensées. Présence physique de son territoire, de la plaine, du Dniepr qui, avec ses îles, ses récifs, le vent sur ses eaux, est comme une personnification de l'Ukraine vivante ; présence des images, des chaumières, des *kourgans*, ces éminences tumulaires. Présence de ses traditions populaires, de son histoire, de l'aujourd'hui ; espoir et inquiétude pour son avenir.

Toute l'œuvre du poète a ses assises dans l'histoire de son peuple, de son peuple luttant pour son indépendance contre les rois de Pologne, les sultans de Turquie, les tsars de Russie. Toute son œuvre est une exaltation de l'héroïsme cosaque. Elle est pleine de bruit et de fureur, pleine de batailles, de violences, de sang, d'incendies, de larmes, d'invectives, d'appels.

La poésie de Chevtchenko est souvent une poésie épique. Épiques, non seulement ses longs poèmes-récits évoquant les exploits passés des Ukrainiens, comme « Les Gaïdamaks » dont le sujet est emprunté à l'insurrection paysanne d'Ukraine en 1768, mais aussi des poèmes moins longs, comme « Gamalia », ce récit de l'expédition des Cosaques partis arracher aux Turcs leurs frères prisonniers. Il est aussi de courts poèmes où le lyrisme personnel rejoint un souffle d'épopée, le souffle de la lutte et de la souffrance de l'Ukraine.

Si Chevtchenko est un conteur, le plaisir de raconter une histoire n'est pas son principal mobile. Il est clair que dans chaque récit Chevtchenko projette ses préoccupations actuelles, que chaque poème est écrit à la lumière de celles-ci, que ces poèmes doivent servir le patriotisme ukrainien, fonder l'espoir et l'action du peuple ukrainien ; le passé garantit l'avenir.

Aux yeux de Chevtchenko, l'épopée est écrite par le peuple ukrainien, pour lui, pour son action libératrice.

Comme font les auteurs d'épopée, Chevtchenko s'est servi des récits historiques, des contes populaires, des légendes, des poèmes transmis par la tradition orale, par les *kobzars*. Et il a tout refondu au feu de sa forge.

✦

Il veut une Ukraine indépendante. Il appelle le peuple à s'unir, à lutter. « Levez-vous », « Fraternisez ! », « Brisez vos chaînes ! », « Aiguisez la hache ! ». Ces expressions reviennent constamment. Il sait que la liberté n'est pas octroyée, qu'elle doit être conquise par le peuple. Il l'aime, ce peuple, qui est son espoir, sa passion ; mais il n'est pas sans clairvoyance à son égard, pas sans impatience non plus ; il va jusqu'à le traiter de lâche, d'imbécile, vautré qu'il est dans la mare de l'esclavage. Il a une grande tendresse pour ses compagnons de lutte : Kostomarov, Jacob de Ballemin... Ses ennemis sont les tyrans quels qu'ils soient, les rois et les seigneurs de Pologne, les sultans de Turquie, et surtout le tsar de Russie. Au tsar va sa plus forte haine, pour lui sont ses plus violentes invectives. Il n'épargne pas non plus les seigneurs ukrainiens, plus attachés à leurs biens, à leurs privilèges, qu'à leur pays. L'Église est aussi un ennemi. Elle est l'alliée des puissants, elle trompe le peuple.

À l'égard de Dieu, les sentiments de Chevtchenko ne sont pas simples. Il refuse le Dieu de l'Église ; son Dieu est plutôt celui de Rousseau, de Lamartine ; il est bon, mais comment laisse-t-il commettre de pareils crimes ? Est-il aveugle, ignorant, impuissant ? A-t-il partie liée avec les seigneurs ? En tout cas, il ne suffit pas de s'en remettre à Dieu, il faut agir.

Récits, évocations, appels à l'action, recommandations, confidences, les poèmes de Chevtchenko sont des rêves éveillés. Il n'y a pas plus rêveur que cet homme d'action. Est-ce lui qui rêve ? Est-ce l'Ukraine ? Est-ce le Dniepr ?

Et de moi-même à moi si grande est la distance
Que je ne comprends plus ce que dit l'innocence...

Ces vers d'Alfred de Vigny sont le négatif même de Chevtchenko. De lui-même à lui, il n'y a pas de distance. Quel poète a plus d'« innocence » ? Pas de distance entre lui et lui, et non plus entre lui et son peuple, entre lui et sa parole. Pas d'humour entre lui et lui (de l'ironie, certes, oui ! à l'égard des puissants !). Il croit entièrement, sans la moindre réserve, en ce qu'il est, en ce qu'il pense, en ce qu'il fait, en ce qu'il écrit. En ce sens, Chevtchenko est le poète « naïf » dont rêvait Goethe.

C'est peut-être alors que la poésie est « faite par tous ». Quand l'un rêve les rêves de tous, sait qu'il les rêve, quand il les dit, sans la distance... Il sait qu'il les dit. Le poète alors ne fait sans doute que rêver mieux, plus fort, plus loin, plus précis, et rêver en paroles, dans son langage qui est en puissance le langage de son peuple, le langage qui *sera* celui de son peuple. Le langage de Chevtchenko a la simplicité qu'il devait avoir.

Il est frais et neuf. Son langage s'adapte au mouvement des poèmes. Car ces poèmes sont pleins de mouvement : leur allure varie, mais, le plus souvent, ils sont rapides. Il n'y a pas de temps à perdre. Il faut aller au but, le plus vite possible.

✦

Un serf, un autodidacte, un *kobzar*[1]. Un barde donc, primitif, naïf. Un poète très loin de nous, tellement différent. Est-ce bien sûr ? Est-ce toujours vrai ?

Certes, Chevtchenko est marqué par son époque ; son esthétique est celle de son temps. On craignait moins alors les longueurs, les répétitions. Ce qui peut nous paraître lieux communs avait alors besoin d'être proféré. Et si la pensée ne nous paraît pas toujours

---

1. Les poèmes de Chevtchenko sont, depuis la première édition (1840), groupés sous le titre de *Kobzar*. *Kobzar* est le nom des chanteurs errants qui interprétaient les chants historiques et les chansons populaires de l'Ukraine en s'accompagnant à la *kobza* (instrument de musique ukrainien à cordes).

claire, n'oublions pas qu'il y avait la censure. Et puis, il y a le jeu verbal, la rime, cette beauté des vers dont la présente traduction ne donne pas l'équivalent.

Reste le sauvage, le cruel, le tendre Taras quand il est lui-même et la voix qui vient de loin dans le temps de sa terre incarnée en lui. Alors, l'abrupte poésie, cet accent rauque et impérieux, ces raccourcis, tout à coup cette ouverture sur des profondeurs qu'il est comme étonné d'entrevoir. Il y a sa fougue, son élan, il y a aussi dans les récits cette espèce d'incohérence qui tient des rêves, des cauchemars, qui est celle des très vieux poèmes épiques, où se manifeste quelque chose que la poésie moderne cherche à faire apparaître.

On peut trouver longs ou confus certains poèmes, certains récits. Mais prenons par exemple « Gamalia », cette courte épopée sauvage, brutale, avec son puissant et discret merveilleux cosmique ; prenons « Perebendia », cette fière et mélancolique complainte du *kobzar* perdu dans la nature, dans la solitude, dans ses rêves et dans ses chants. Prenons de courts poèmes qui sont des cris, comme le très noble et violent, et si humain « Testament », d'autres où se fondent si parfaitement le lyrisme personnel et les préoccupations révolutionnaires. Et prenons des chansons, des ballades comme *« Oh ! Les Trois Chemins... »* ou *« J'allais avoir treize ans... »*, cette merveille de fraîcheur.

✦

Ce que je dis de la poésie de Chevtchenko, je l'ai appris en le traduisant. Il n'y a pas, je crois, de meilleur moyen pour connaître un poète que de le traduire. Même quand, et c'est ici mon cas, le poète traducteur ne connaît pas la langue du poète traduit. Mon expérience rejoint ici celle d'autres poètes contemporains et me permet de croire que l'on peut honnêtement (et l'honnêteté poétique ne peut être confondue avec l'honnêteté linguistique) traduire un poète sans connaître sa langue, à la condition de faire, par symbiose avec un amateur de poésie connaissant les deux langues, un traducteur unique en deux personnes, tâtonnant, avançant mot par mot, vers par vers, image par image... Mais, après tout, les lecteurs apprécieront, en l'occurrence, et j'ai sûrement tort de me vanter, quand les moyens sont donnés de me contredire...

Cela supposé admis, comment traduire Chevtchenko ?

Traduire, c'est chercher à donner un équivalent, aussi proche que possible de l'original. Il faut abandonner le moins possible, mais fatalement on ne peut tout garder. Ici, par exemple, on ne peut rendre dans notre français moderne le caractère de langue arrivant à maturité qu'a le texte original : souvenons-nous que Chevtchenko a fixé la langue littéraire ukrainienne.

Il m'a semblé que l'essentiel à conserver était, en plus, bien sûr, du contenu discursif des poèmes (ce qui aurait pu être dit en prose) :

- le ton de ces poèmes,
- leur mouvement.

Le ton, c'est-à-dire ce que j'ai cherché à exprimer du caractère primitif, « naïf », des poèmes, cette plénitude qu'ils ont et qui fait que, malgré parfois des redites et de la prolixité, ces poèmes sont des corps jeunes, robustes. Plus le ton propre à chacun d'eux, sa nuance de violence, de tendresse, de mélancolie, de malice, etc., en somme la coloration de chacun des rêves que sont, je l'ai dit, ces poèmes.

Le mouvement : Chevtchenko rompt fréquemment le rythme, varie le mètre pour accélérer la marche ou la ralentir. Peut-être une course plus qu'une marche. Ou une danse. Il m'a semblé qu'il fallait courir, danser avec lui.

Pour garder le ton et le mouvement, quelle versification adopter ? La langue française ne permet pas de garder le rythme basé sur l'alternance des voyelles accentuées et des voyelles atones. Il m'a semblé qu'il fallait proscrire le vers libre, c'est-à-dire non syllabique, trop intellectuel, incompatible avec l'allure de récit et de chant qu'ont, en général, les poèmes, avec ce chant romantique qui s'inspire, aussi bien pour la forme, de la poésie populaire ukrainienne. Je ne pouvais envisager de conserver la rime. On peut toujours rimer, mais c'est chaque fois au détriment d'autre chose ; ici, moins au détriment sans doute de la fidélité littérale qu'à celui du mouvement, du naturel des poèmes. Pour rimer sans être trop infidèle au texte, combien il aurait fallu de contorsions, d'inversions, d'arrêts, de rejets, etc., et le naturel était perdu !

J'ai donc retenu le vers syllabique sans rime, le vers dit « blanc », de mètres divers pour être aussi près que possible de l'allure, du chant original, changeant de mètre, pour cette raison, à l'intérieur d'un même poème, puisque Chevtchenko passe fréquemment du vers court au vers plus long et inversement pour des laisses de longueurs différentes, quelquefois pour quelques vers, pour deux vers même. J'ai le plus souvent usé du vers de six et surtout de celui de huit pieds, quelquefois de celui de sept pieds, plus insolite, et des vers de dix et de douze, pour les passages en général graves, recueillis. Les chansons populaires dont Chevtchenko s'est inspiré sont souvent de huit et de dix pieds – ou accents. J'ai évité les hiatus, sans les exclure quand ils s'imposaient pour la force du vers... ou quand je n'ai pas su les éviter.

J'ai autant que possible traduit vers par vers ou par groupe très limité de vers (ce qui me donnait une indication pour le mètre à retenir). Cependant, le français, langue sans déclinaisons, demande plus de sons que l'ukrainien pour dire la même chose, si bien que le plus souvent les poèmes traduits comportent plus de vers que l'original, ce que rendait possible le non-emploi de la rime.

Pour la traduction des termes proprement ukrainiens, j'ai hésité. J'ai gardé par exemple la *kobza* et le *kobzar*, la *Sitch* (des Zaporogues[1]), je n'ai pas gardé le *kourgan*, tertre tombal, bien que

1. Installés dans la vallée du Dniepr, sur les territoires de l'Ukraine centrale, les Zaporogues défendirent les frontières sud et est contre les Tatars de Crimée, les Ottomans et les tsars de Moscou. La *Sitch* était le nom de

ce mot se trouve dans le Littré. J'ai pensé qu'il fallait conserver les termes étrangers généralement connus des lecteurs cultivés ou sans équivalent, comme *kobza* (qui n'est pas une vielle, bien que lui ressemblant). J'ai très peu usé des notes, sauf pour quelques noms de l'histoire et de la géographie, puisqu'il s'agissait de faire connaître *le poète* Chevtchenko, et qu'en conséquence la traduction tend à donner des poèmes de Chevtchenko un équivalent poétique et non à constituer un document pour l'histoire de ce temps-là.

Il faut encore dire un mot des poèmes retenus pour le présent choix. Étant donné le nombre de pages dont on disposait, on ne pouvait guère choisir les longs poèmes comme « Les Gaïdamaks ». Il a semblé préférable d'opter pour la diversité. C'est pourquoi ont été retenus quelques poèmes de longueur moyenne : « Gamalia », « Le Forçat », « Caucase », qui ont le même ton que des poèmes plus longs. Et pour le reste ont été retenus des poèmes de longueurs diverses, de façon que les différents types y soient représentés : poèmes byroniens, récits, ballades, apostrophes, invectives, méditations, élégies, chansons, etc.

Pour le classement des poèmes, il a paru préférable de placer en tête les poèmes les plus proches (apparemment...) du lecteur français d'aujourd'hui et de réserver la dernière partie du choix aux autres poèmes, qui sont plutôt les longs récits.

Il est d'ailleurs facile de reconstituer l'ordre chronologique des poèmes puisqu'à la suite de chacun d'eux est indiquée la date à laquelle il a été écrit.

✦

---

leur forteresse. Au XVIIIe siècle, lors d'un soulèvement contre les Polonais mené par Bogdan Khmelnitski, les Cosaques zaporogues ont demandé l'aide des Russes et se sont placés sous la protection et la domination de Moscou – cet événement a été considéré en Russie et plus tard en URSS comme la réunification de l'Ukraine et de la Russie. *(Note de l'éditeur.)*

En entier ou en partie, l'œuvre de Chevtchenko est traduite en russe, en polonais, en tchèque, en hongrois, en allemand, en anglais. Elle a droit à l'audience de la France. Puisse la présente traduction contribuer à la faire connaître ici.
Je tiens à dire que cette traduction doit beaucoup à M. Pelc[1], historien et homme de lettres, connaisseur de l'œuvre de Chevtchenko et de son époque. Son concours m'a été précieux pour la rédaction de cette préface et pour la traduction des poèmes ; j'ai tiré grand profit de ses observations et de ses conseils. Je lui exprime ici ma reconnaissance.

Guillevic,
1964.

---

1. Le volume de la collection « Poètes d'aujourd'hui » consacré à Taras Chevtchenko (n° 110) a été publié en 1964 aux Éditions Seghers, en vertu d'un accord entre l'Unesco et le gouvernement de la République socialiste soviétique d'Ukraine. Nous en reproduisons ici le choix de textes traduits par Guillevic (avec l'aide de Wladyslaw Pelc), sur la base d'une version littérale soumise par la Commission nationale de l'Ukraine pour l'Unesco. *(Note de l'éditeur.)*

Œuvres de Taras Chevtchenko, pages 19-20 :

Illustration au sépia réalisée pour le poème « Une aveugle » en 1842 ; Prisonnier fouetté, encre de 1856.

Testament

Quand je serai mort, mettez-moi
Dans le tertre qui sert de tombe
Au milieu de la plaine immense,
Dans mon Ukraine bien-aimée,
Pour que je voie les champs sans fin,
Le Dniepr et ses rives abruptes,
Et que je l'entende mugir.
Lorsque le Dniepr emportera
Vers la mer bleue, loin de l'Ukraine,
Le sang de l'ennemi, alors
J'abandonnerai les collines
Et j'abandonnerai les champs,
Jusqu'au ciel je m'envolerai
Pour prier Dieu, mais si longtemps
Que cela n'aura pas eu lieu
Je ne veux pas connaître Dieu.
Vous, enterrez-moi, levez-vous,
Brisez enfin, brisez vos chaînes,
La liberté, arrosez-la
Avec le sang de l'ennemi.
Plus tard dans la grande famille,
La famille libre et nouvelle,
N'oubliez pas de m'évoquer
Avec des mots doux et paisibles.

Pereïaslav,
le 25 décembre 1845.

Pourquoi, champ vert, pourquoi
Es-tu devenu noir ?
— Je suis devenu noir
De tout le sang versé
Là pour la liberté.
Près de Berestetchko[1],
Sur de nombreuses lieues,
Les glorieux Zaporogues
M'ont couvert de leurs corps
Et les freux à minuit
À leur tour m'ont couvert.
Ils arrachent les yeux
Des Cosaques tombés
Mais refusent les corps.
Je suis devenu noir
Pour votre liberté...
Moi je reverdirai
Mais vous ne verrez plus
Jamais la liberté.
Vous me laboureerez,
Taciturnes, gênés,
Maudissant votre sort.

Kos-Aral,
1848.

---

1. Berestetchko, ville de Volhynie, a été le lieu d'une bataille entre Polonais et Cosaques le 30 juin 1651.

Le soleil s'en va, les monts s'obscurcissent
L'oiseau se tait, le champ devient muet,
Le proche repos réjouit les gens,
Et moi je regarde et mon cœur s'envole
Vers un jardinet sombre dans l'Ukraine.
Et je m'envole et je m'envole et rêve ;
Pendant ce temps mon cœur trouve la paix.
Le champ devient noir, noirs les bois, les monts,
La première étoile apparaît au ciel.
L'étoile ! L'étoile ! Et les larmes tombent.
Oh ! T'es-tu levée en Ukraine aussi ?
Là-bas les yeux bruns te recherchent-ils
Aussi dans le ciel ? Ou bien ils oublient ?
S'ils ont oublié, qu'ils s'endorment donc
Et sur mon destin qu'ils ne sachent rien.

Forteresse d'Orsk,
1847.

Et le ciel n'est pas lavé
Et les flots sont endormis.
Loin, au-dessus de la rive,
Tout comme s'ils étaient ivres,
Sans vent, se courbent les joncs.
Dieu, dois-je encore longtemps
Languir ici dans la steppe,
Au bord de la mer infâme ?
L'herbe jaunie est muette
Et se courbe dans la steppe
Comme un être qui vivrait.
Mais l'herbe jaunie refuse
De dire la vérité,
Et personne en dehors d'elle
Que l'on puisse interroger.

Kos-Aral,
1848.

À Likeria[1]

Ma bien-aimée ! Ô mon amie !
Pour nous pas de foi sans la croix,
Pour nous pas de foi sans le pope,
Pour les esclaves impuissants,
Endormis comme des cochons
Dans la mare, dans l'esclavage.
Ma bien-aimée ! Ô mon amie !
Ne te signe pas ni ne jure
Et ne supplie personne au monde.
Sinon les gens te mentiront,
Et le Sabaoth byzantin
Te dupera. Seul le vrai Dieu
Ne ment pas et n'a pas besoin
De punir et de pardonner,
Parce que nous sommes des hommes
Et ne sommes pas des esclaves.
Ma bien-aimée ! Que tu souries,
Et que ton âme libre et sainte
Et ta main libre, mon amie,
Tu me les donnes. Lui voudra
Nous aider à franchir la mare,
À supporter tout le malheur,
Oublier dans une chaumière
Joyeuse et calme ce grand mal.

Strelna,
le 5 août 1860.

---

1. Likeria Polousmakova était serve, femme de chambre chez M. Makarov, propriétaire à Saint-Pétersbourg. Chevtchenko voulait l'épouser, mais cette alliance ne se réalisa jamais.

Le jour passe et la nuit passe. Et toi,
La tête entre les mains tu t'étonnes
Que ne vienne pas encore l'apôtre
De la vérité, de la lumière.

Saint-Pétersbourg,
le 5 novembre 1860.

Je ne vais pas mal, Dieu merci,
Mes yeux y voient encore un peu,
Le cœur attend. Il me fait mal,
Le cœur pleure et ne s'endort pas,
Ainsi qu'un enfant mal nourri.
Tu attends, sans doute, mon cœur,
Des temps durs ; n'attends rien de bon.
Pas la liberté désirée.
Elle dort. Le tsar Nicolas
L'a mise en sommeil et, crois-moi,
Cette chétive liberté
Pour la réveiller tout d'abord,
Il faut nous mettre tous ensemble
À tremper la tête de hache,
À tous aiguiser son tranchant,
Ensuite seulement nous mettre
À la réveiller. Autrement,
La pauvre, elle devra dormir
Et jusqu'au Jugement dernier.
Tout ce que pourront les seigneurs
Ils le feront pour la bercer.
Ils en élèveront des temples !
En élèveront des palais !
Ils aimeront leur tsar ivrogne
Et le glorifieront ainsi
Que son régime byzantin –
C'est cela qui nous attendrait.

Saint-Pétersbourg,
1858.

Oh vous, les hommes, vous les pauvres hommes,
Qu'avez-vous donc à faire avec des tsars ?
Qu'avez-vous à faire avec des piqueurs ?
Vous êtes des hommes et pas des chiens !

C'est la nuit, le verglas, il bruine,
Il neige, il fait froid. La Néva
Passe en silence sous le pont,
Porte un fin glaçon quelque part.
Moi dans la nuit, je vais aussi,
Je marche et je tousse en marchant
Et je vois : comme des agneaux
Vont des fillettes négligées ;
Derrière elles, courbé, boitant,
Marche un vieillard et l'on dirait
Qu'il conduit à la bergerie
Un bétail qui n'est pas à lui.
Où se trouve ce monde-ci ?
Existe-t-il une justice ?
On pousse, nues et affamées,
Ces bâtardes-ci vers la mère[1],
Lui rendre les derniers devoirs,
On les pousse comme un troupeau.
Y aura-t-il un jugement ?
Y aura-t-il un châtiment
Pour les tsars, pour les fils des tsars ?
Un jugement sur cette terre ?

1. Alexandra Fiodorovna, veuve du tsar Nicolas Ier... En 1856, la tsarine s'opposa farouchement à la libération de Chevtchenko.

La vérité régnera-t-elle
En ce monde, parmi les hommes ?
Il faut que cela soit, sinon
Le soleil arrêtant sa course
Brûlera la terre souillée.

Saint-Pétersbourg,
le 3 novembre 1860.

L'hymne des nonnes

Foudre, secoue cette maison
Où nous mourrons, maison de Dieu.
Dieu, nous nous en prenons à toi,
Nous t'en voulons et nous chantons :
        Alleluia !

Ah ! Sans toi, nous aurions aimé,
Et nous nous serions mariées,
Nous aurions des enfants à nous,
Que nous instruirions en chantant :
        Alleluia !

Tu nous as dupées, abusées,
Et nous, misérables victimes,
Nous nous sommes leurrées nous-mêmes
Et nous nous mettons à hurler :
        Alleluia !

Donc tu nous veux inemployées,
Mais nous sommes de jeunes femmes
Et nous dansons et nous chantons,
Et nous clamons et répétons :
        Alleluia !

Saint-Pétersbourg,
le 20 juin 1860.

J'allais avoir treize ans
Je paissais les agneaux
Derrière le village.
C'est à cause peut-être
Du soleil qui brillait
Ou bien il m'arrivait
Quelque chose d'étrange.
Je me sentis soudain,
Je me sentis si bien
Que c'était comme si
Je me trouvais chez Dieu...
On me dit de rentrer.
Moi, caché dans les herbes,
J'étais à prier Dieu.
Je ne sais pas pourquoi
Étant petit garçon
Je priais avec tant
De confiance et d'amour,
Pourquoi j'étais si gai.
Il semblait que le ciel,
Le village et l'agneau
Lui-même s'égayaient.
Et le soleil chauffait
Mais il ne brûlait pas.
Hélas ! Pas bien longtemps
N'a chauffé le soleil.
Il est devenu rouge,
Il s'est mis à briller.
Voici qu'il incendie,

Détruit le paradis.
Je me suis réveillé
De mon ravissement.
Noir devint le village ;
Même le ciel de Dieu
N'est plus qu'un pauvre ciel.
Alors sur mes agneaux
J'ai porté mes regards
Et vu que ces agneaux
Ils ne sont pas à moi.
Alors sur les chaumières
J'ai porté mes regards :
Je n'ai pas de chaumière.
Dieu ne m'a rien donné !
Et les larmes jaillirent,
C'était de lourdes larmes.
Sur le bord de la route,
Tout près, tout près de moi
Était la jeune fille
Qui ramassait du chanvre.
Elle entendit mes pleurs,
S'approcha, dit bonjour,
Elle essuya mes larmes
Puis elle m'embrassa...
À nouveau je trouvai
Que brillait le soleil
Que tout était à moi
De ce qui est au monde,
À moi champs, bois, jardins...
Et nous avons conduit
En riant les agneaux
D'autrui vers l'abreuvoir.
Enfantillage certes !
Mais quand je m'en souviens
Le cœur pleure et fait mal.

Pourquoi Dieu ne m'a-t-il
Pas donné de passer
Là-bas une vie simple
Dans ce paradis-là ?
Là-bas je serais mort
En labourant le champ,
J'aurais tout ignoré
De ce monde alentour
Et je n'errerais pas
Comme j'erre aujourd'hui,
Possédé, maudissant
Et les hommes et Dieu.

Forteresse d'Orsk,
1847.

Ça m'est bien égal

Que je vive en Ukraine ou non,
Après tout, ça m'est bien égal.
Que l'on se souvienne de moi,
Que l'on oublie mon existence,
Moi dans la neige à l'étranger,
Après tout, ça m'est bien égal.
J'ai grandi dans la servitude
Et c'était chez des étrangers,
En esclavage je mourrai
Sans voir les larmes de mes proches.
De ma vie ne restera pas
La moindre trace, pas de signe
Dans notre valeureuse Ukraine
Dont la terre n'est pas à nous.
Père et fils m'auront oublié ;
Le père ne lui dira pas :
« Prie, mon fils, prie Dieu pour l'Ukraine. »
On l'avait tourmenté jadis,
Martyrisé jusqu'à la mort.
Ça m'est bien égal si son fils
Fait ou ne fait pas ses prières.
Mais cela ne m'est pas égal
Que par des hommes faux, méchants
Notre Ukraine soit endormie
Et qu'après l'avoir dépouillée
Ils la réveillent par le feu.
Non ! Cela ne m'est pas égal.

En prison,
Saint-Pétersbourg, 1847.

Sous les cerisiers

Les cerisiers entourent la chaumière.
Au-dessus d'eux des hannetons bourdonnent,
Avec leurs charrues les hommes reviennent,
Chemin faisant les jeunes filles chantent
Et pour le souper les mères attendent.
La famille est là près de la chaumière
Qui prend son repas dans le crépuscule.
C'est la jeune fille qui sert à table,
La mère essaie bien de la sermonner,
Mais le rossignol se fait mieux entendre.
La mère a couché ses petits enfants
Près de la chaumière, à la belle étoile,
À côté d'eux elle-même s'endort.
Tout bruit s'éteint. Les jeunes filles seules
Veillent encore avec le rossignol.

En prison,
1847.

Oh ! Les trois chemins,
Trois larges chemins
Se sont réunis.
Voici que trois frères
Ont pour l'étranger
Quitté leur Ukraine,
Ont laissé leur mère,
L'un quitté sa femme,
Le second sa sœur,
Et pour le plus jeune
C'est sa fiancée.
Dans le champ la mère
A planté trois frênes,
La bru a planté
Un grand peuplier,
La sœur trois platanes
Au sein du vallon
Et la jeune fille,
C'est la fiancée,
Planté l'obier rouge.
Les frênes, les trois,
N'ont pas pris racine
Et le peuplier
A séché sur pied.
Aussi les platanes
Et l'obier aussi,
Languissants, flétris,
Peu à peu sont morts.
Hélas ! Les trois frères

Ne reviennent pas,
Et pleure la mère
Et pleure la femme
Avec ses enfants
Dans la maison froide
Et pleure la sœur,
Part à la recherche,
Part à l'étranger
Rechercher ses frères.
Et la fiancée,
C'est dans le cercueil
Qu'elle s'est couchée.
Ainsi les trois frères
Ne reviennent pas,
Ils sont à courir
Par le vaste monde
Et les trois chemins,
Les larges chemins,
Sont couverts de ronces.

En prison,
1847.

Monde serein, monde paisible

Monde serein, monde paisible !
Monde libre, pas enchaîné !
Pourquoi donc, ô monde mon frère,
Dans ta bonne et chaude maison
T'a-t-on enchaîné, emmuré ?
On a faussé l'œuvre de Dieu,
On l'a couverte de la pourpre,
Achevée par le crucifix.

Non ! Pas achevé. Lève-toi !
Brille sur nous, éclaire-nous.
Mon frère, déchirons la pourpre,
Pour nous en entourer les pieds,
Allumons notre pipe aux cierges,
Chauffons-nous avec les icônes
Et balayons du goupillon
La nouvelle maison, mon frère.

Saint-Pétersbourg,
le 27 juin 1860.

À N. Kostomarov[1]

Le soleil se cachait derrière
Les gais nuages printaniers.
On offrait de bon cœur le thé
Aux hôtes enchaînés ici.
On plaçait d'autres sentinelles
Toujours en uniforme bleu.
Je me suis un peu fait aux portes,
Qu'on n'oublie pas de verrouiller,
Même aux barreaux de la fenêtre.
Je ne regrette pas mes larmes
Oubliées, pénibles, sanglantes.
Mes larmes se sont écoulées
Dans le champ qui reste infertile.
Si de la menthe s'y montrait ?
Mais on n'y peut rien voir jamais.
Je me rappelle mon village,
Ai-je laissé quelqu'un là-bas ?
Père et mère sont dans la tombe.
Mon cœur se serre de douleur.
Puisque personne à moi ne pense,
Je regarde ta mère, ô frère :
Elle est plus noire qu'un terreau,
Paraît descendre de la croix...
Je prie, mon Dieu, je prie, je prie

1. En sa qualité de membre de la Confrérie Saints-Cyrille-et-Méthode, Nikolaï Kostomarov (1817-1885), professeur à l'université de Kiev et ami de Chevtchenko, prônait les principes de la démocratie libérale et réclamait la transformation de l'Empire russe en une Fédération des peuples slaves.

Et jamais je ne cesserai
De te louer que je n'aie pas
À partager avec quiconque
Mes fers et mes jours de prison.

En prison,
1847.

Si nous nous étions revus
La peur t'aurait-elle prise ?
Que m'aurais-tu dit alors ?
Quel mot tendre ?
Aucun, et même
Tu ne m'aurais reconnu.
Ou peut-être bien qu'ensuite
Tu te serais rappelé,
Aurais dit : « J'ai fait un rêve.
Ah ! la sotte que je suis. »
Moi, je me serais réjoui
De tout cœur, ma merveilleuse,
Mon destin aux sourcils noirs !
Si je m'étais souvenu
De notre malheur ancien,
Jeune, joyeux et méchant,
Comme j'aurais sangloté.
Et j'aurais remercié Dieu
Que cela fût arrivé
Non dans la réalité,
Rien que dans un mauvais rêve ;
Qu'ait disparu pour toujours,
Ait coulé dans l'eau des pleurs
L'ancienne merveille sainte.

Kos-Aral,
1848.

Le Prophète

Or, le Dieu qui aimait les gens
Comme des enfants innocents
Envoya sur terre un prophète
Pour leur annoncer son amour,
Leur apprendre la vérité.
Tout comme notre Dniepr immense
Coulait, sa parole tombait
Au plus profond du cœur des gens,
D'un invisible feu brûlait
Des âmes jusqu'alors gelées.
Et les gens éclairés par lui
Aimaient le prophète et partout
Le suivaient en versant des larmes
Mais pervers, ils ont corrompu
La sainte vérité de Dieu.
Ils ont offert des sacrifices
Aux dieux des autres, les infâmes !
Ils ont lapidé le saint homme
Sur la place – malheur à vous !
Alors dans sa juste colère,
Le grand Dieu comme pour les bêtes
Les plus sauvages et féroces
Ordonna de forger des fers,
De creuser des cachots profonds.
Et, race féroce, cruelle,
Au lieu du prophète humble et bon,
C'est un tsar que Dieu vous donna.

Kos-Aral, 1848.
Saint-Pétersbourg, 1859.

Si vous saviez, jeunes seigneurs

Si vous saviez, jeunes seigneurs,
Si vous saviez où les gens pleurent,
Vous n'écririez pas d'élégies,
Vous ne loueriez pas Dieu pour rien
Tout en vous moquant de nos larmes.
Je ne sais pas pourquoi l'on dit
Que c'est un paradis tranquille
La chaumière dans le bosquet.
Jadis dans pareille chaumière,
J'ai souffert, j'ai versé des larmes,
Ce furent mes premières larmes.
Je me demande s'il existe
Dans l'univers un mal féroce
Qui ne fût dans cette chaumière
Que l'on appelle un paradis.
Je ne l'appelle pas ainsi
La chaumière dans le bosquet,
Située au bout du village
Sur les bords de l'étang limpide.
Ma mère m'y donna le jour,
Elle y chantait en me langeant,
Et faisait couler sa tristesse
Sur son enfant. Dans ce bosquet,
Dans la chaumière-paradis,
J'ai vécu l'enfer, l'esclavage,
Le dur travail ; même le temps
Manquait pour dire des prières.
C'est là que ma mère chérie,
Toute jeune encore mourut

De misère et de dur travail.
Et c'est aussi là que mon père
Pleurait au milieu de ses gosses
(Nous étions tout petits et nus),
Ne supporta pas son destin
Et mourut comme un serf... Nous autres,
Parmi les gens nous dispersâmes
Comme des souris. À l'école,
Moi je me trouvai porteur d'eau ;
Comme serfs travaillaient mes frères
Jusqu'à ce qu'on rasât leurs crânes
Pour les envoyer à l'armée.
Et mes sœurs, mes sœurs, ô malheur !
Mes tendres, mes jeunes colombes,
Pour qui vivez-vous dans ce monde ?
Dans des familles étrangères
Il vous faut grandir, mes sœurs,
Vous livrer au travail à gages,
Vos nattes y deviendront blanches
Et dans cet état vous mourrez.
J'en ai peur quand je me rappelle
La chaumière au bout du village.
Ô Dieu, il s'en passe des choses
Ici dans notre paradis,
Sur la terre bénie par toi.
Dans ce qui fut le paradis
Nous avons implanté l'enfer.
Nous en voulons un autre, ô Dieu,
Où vivre en paix avec nos frères,
Où par eux labourer les champs,
De leurs larmes les arroser !
Peut-être bien encore... non,
Je ne sais rien, il semble que...
Toi-même... (Sans ta volonté,
Oh Dieu, nous n'aurions pas langui

Aussi nus dans ce paradis.)
Toi-même, là-haut dans les cieux,
Tu te moques de nous, peut-être,
Tiens conseil avec les seigneurs
Pour gouverner le monde. Vois :
Le bosquet vert, là, qui s'incline ;
On distingue derrière lui
L'étang comme une large toile,
Les saules penchés sur l'étang
Tranquillement baignent leurs branches...
Ah ! N'est-ce pas le paradis ?
Mais viens voir, demande ce qui
Se passe dans ce paradis !
Bien sûr, ô Toi, ô Seul ! Ô Saint !
À Toi vont la joie et la gloire
Pour tes étonnantes actions !
Mais non ! Mais non ! Pas de louanges,
Partout du sang, partout des larmes.
Sur la terre, il n'est rien de saint !
Il me semble bien que les hommes
T'ont déjà renié, Toi aussi.

Orenbourg,
1850.

À ma sœur[1]

En passant auprès de villages
Pauvres, tristes, au bord du Dniepr,
Je pensais : « Où trouver abri,
Qu'est-ce que je vais devenir ? »
Et je vois en rêve, je vois
Sur une colline un jardin,
Dans le jardin une chaumière
Ornée comme une jeune fille.
On voit de là s'étendre au loin
Le Dniepr, notre père qui brille
Et qui jette des étincelles.
Dans l'ombre du jardin, je vois :
Assise sous un cerisier
Ma sœur unique se repose,
Elle est là comme au paradis,
Elle qui souffrit tellement.
Elle est là qui m'attend, la pauvre,
Moi qui viens d'au-delà du Dniepr.
Voici qu'elle croit voir déjà
Un bateau qui surgit des vagues.
Le bateau s'approche, il est là,
Hélas ! Les vagues l'engloutissent :
« Petit frère ! Ô mon sort atroce ! »
Et nous nous sommes réveillés
Toi serve, moi dans l'esclavage.
Ainsi dès l'âge le plus tendre

---

1. Taras Chevtchenko dédie ce poème à sa sœur Iarina (Irène) Grigorivna Boïko, à laquelle il voua toute sa vie une très grande amitié.

Il nous a fallu traverser
Un champ de chardons.
Ô ma sœur !
Prie que si nous restons en vie,
Dieu nous aide à le traverser.

Tcherkassy,
le 20 juillet 1859.

Songe

À Marko Vovtchok[1]

Serve, elle coupait le blé,
Elle tombait de fatigue,
Mais ce n'est pas pour aller
Se reposer qu'elle part,
Passe entre les gerbes, c'est
Pour nourrir son fils Ivan.
Emmailloté, le bébé
Pleure à l'ombre d'une gerbe.
La mère le démaillote,
Le nourrit et le caresse.
Assise près de son fils,
Elle somnole, elle rêve :
Son Ivan est déjà grand,
Il est riche et beau, l'époux
D'une jeune fille libre,
Car lui-même maintenant
N'appartient plus au seigneur.
Ils sont dans leur champ joyeux,
Moissonnent leur propre blé,
Et voici que leurs enfants
Leur apportent le repas.
Et, la pauvre, elle sourit.
Soudain elle se réveille,

---

1. Marko Vovtchok (1834-1907), pseudonyme de Maria Vilinska-Markovitch, était une écrivaine démocrate, vive admiratrice de Chevtchenko. Elle a décrit la vie des paysans ukrainiens.

Elle regarde autour d'elle :
Rien de tout cela n'existe.
Elle regarde l'enfant,
L'emmaillote doucement
Puis se remet au travail.
Il faut en abattre avant
L'arrivée du surveillant.

Saint-Pétersbourg,
le 13 juillet 1858.

N'est-il pas temps, mon amie,
Pas temps, ma pauvre voisine,
De cesser enfin d'écrire
Des poèmes inutiles,
De nous mettre à préparer
Les voitures pour le long
Voyage vers l'autre monde
Où nous reposer chez Dieu ?
Fatigués, vieillis nous sommes
Et devenus raisonnables.
C'en est bien assez pour nous,
Allons maintenant dormir,
Allons donc nous reposer
À la maison maintenant...
Et que la maison est gaie,
Sûrement que tu le sais !
N'y allons pas encore,
Restons, ô mon amie ;
Il est encore tôt,
Marchons, asseyons-nous
Et regardons le monde,
Amie, regardons-le.
Voyons comme il est large,
Comme il est haut et gai,
Comme il est clair, profond.
Marchons donc, mon étoile,
Montons dans la montagne,
Reposons-nous là-haut
Et, pendant ce temps-là,

Les étoiles, tes sœurs,
Tes sœurs qui n'ont pas d'âge,
Vogueront, brilleront.
Donc, ma sœur, attendons,
Donc attendons un peu,
Épouse vénérée,
Et par nos bouches pures
Ensemble prions Dieu
Et puis nous partirons
Au loin tout doucement
Par la route qui passe
À travers le Léthé,
Ce lieu sombre et sans fond.
Bénis-moi, mon amie,
Pour que ma juste gloire
Je la tienne de toi...
En attendant ce jour-là,
Allons simplement tout droit,
Rendons-nous chez Esculape
Et demandons-lui s'il peut
Tromper Charon et les Parques.
Et si le vieillard alors
Commençait à rêvasser
Nous composerions couchés
Une copieuse épopée.
Loin au-dessus de la terre
Ensemble nous planerions.
Quand nous aurions amassé
Suffisamment d'hexamètres,
On les mettrait au grenier
Pour que les souris les mangent.
Après nous pourrions reprendre
La prose bien ordonnée,
Amie, ma digne compagne.
Mais non ! Avant que la flamme

Pour de bon ne soit éteinte,
Allons plutôt chez Charon,
Par l'obscur Léthé sans fond.
Et nous le traverserons,
Portant avec nous la gloire,
La juste, l'honnête gloire,
La gloire jeune, éternelle –
Ou bien je m'en passerai.
Si m'en est donnée la force,
Au-dessus du Phlégéthon,
Au-dessus même du Styx,
Là-haut dans le paradis,
Comme au-dessus du grand Dniepr,
Je vais faire une chaumière
Et planter un jardinet
Tout autour de la chaumière ;
Dans la fraîcheur tu viendras,
Ma belle, tu t'assoiras.
Nous nous souviendrons du Dniepr,
De l'Ukraine, des villages
Tout joyeux parmi les bois
Et des tombes dans les steppes.
Et de joie tout pénétrés
Ensemble nous chanterons.

Saint-Pétersbourg,
les 14-15 février 1861.

On te disait : « Ne quitte pas ta mère. »
Et toi tu l'as quittée, tu t'es enfuie.
Longtemps, longtemps elle t'a recherchée
Ne t'a pas trouvée, est morte en pleurant.
Où tu jouais on n'entend plus personne
Et même le chien vagabonde ailleurs ;
Brisée la fenêtre de la chaumière ;
Durant le jour des agneaux viennent paître
Dans le sombre jardin pendant la nuit
Chouettes, hiboux annoncent le malheur
Empêchant les voisins de bien dormir.
Les herbes folles cachent la pervenche
Qui t'attendait pour couronner ton front ;
Dans le bocage le petit étang
Où tu te baignais est devenu sec,
Et le bocage est triste car l'oiseau
Ne chante plus, tu l'as pris avec toi ;
Dans le ravin la fontaine s'effondre,
Le saule est mort, il tombe et par les ronces
Est couvert le sentier que tu suivais.
Où t'en allais-tu ? Où t'es-tu perdue ?
Es-tu partie, légère, chez quelqu'un
Là-bas à l'étranger, dans la famille
Formée par ceux qui ne sont pas les tiens ?
Qui réjouis-tu ? Dis, qui te possède ?
Le cœur te croit plutôt dans un palais
Où tu n'as pas regret de ta chaumière.
Je supplie Dieu que jamais la tristesse
Ne vienne au palais te rendre visite,

Que jamais, jamais elle ne t'y trouve
Que tu n'en viennes pas à blâmer Dieu
Et que tu ne maudisses pas ta mère.

En prison,
1847.

N'épouse jamais une femme riche
Car du logis elle te chassera.
N'épouse jamais une femme pauvre
Car de la nuit dormir tu ne pourras
Prends plutôt pour femme la liberté,
Du Cosaque épouse la destinée,
Celle qui sera ce qu'elle sera
Et si pauvre elle est, pauvre elle sera.
Mais pour t'ennuyer tu n'auras personne,
Personne non plus pour te demander
Lorsque tu as mal la cause du mal,
Personne à toi ne s'intéressera.
On dit bien souvent que pleurer à deux
Oui, cela console et soulage mieux.
Sois dur envers toi, il est moins pénible
D'être vraiment seul quand il faut pleurer.

Mirgorod,
le 4 octobre 1845.

Les Nuits d'une jeune fille

Les nuits ont desséché
Les yeux bruns de la jeune fille
La Nonne Marianne

La natte épaisse est défaite,
Descend jusqu'à la ceinture,
Les seins découverts ressemblent
Aux flots de la grande mer,
Les yeux bruns brillent pareils
Aux étoiles dans la nuit.
Les bras blancs se sont tendus
Pour entourer une taille
Et les voilà qui s'enfoncent
Dans l'oreiller pâle et froid,
Restent figés, immobiles,
Et ce n'est qu'avec des pleurs
Que la fille les écarte.
« À quoi sert ma belle natte,
À quoi mes yeux de colombe,
À quoi donc ma taille souple
Si je n'ai d'ami fidèle
À qui donner mon amour,
Avec qui me partager ?
Mon cœur, mon cœur, il est dur
De battre tout seul au monde.
Avec qui vivre, avec qui
Dis-le-moi, monde perfide.
Dis-moi donc aussi pourquoi
Cette gloire d'être belle ?

Je veux vivre par mon cœur
Et non pas par ma beauté.
Dire qu'on m'envie pourtant,
Que les gens pensent de moi
Que je suis fière et méchante.
Mais les gens ne savent pas
Ce que dans mon cœur je cache...
Qu'ils médisent donc de moi,
Le péché sera pour eux.
Dieu bon, ne voudrais-tu pas
Écourter tes sombres nuits ?
Elles me sont si pénibles.
Le jour, je ne suis pas seule,
Je parle aux champs et j'oublie
Mon triste sort, mais la nuit... »
Elle se tait, les pleurs coulent,
Les bras blancs se sont tendus,
S'enfoncent dans l'oreiller.

Saint-Pétersbourg,
le 18 mai 1844.

Perebendia[1]

Aveugle et vieux, Perebendia,
Mais qui donc ne le connaît pas ?
Lui qui partout dans le pays
S'en va jouant de la *kobza*,
Et qui joue est toujours connu
Par les gens qui lui savent gré,
Car il dissipe leur tristesse
Bien qu'il ne soit pas gai, lui-même,
Malheureux qui passe ses jours,
Ses nuits à l'abri des clôtures.
Dans le monde, il est sans foyer,
De sa vieille tête toujours
Le malheur se joue, mais qu'importe !
Il s'assied, commence à chanter :
« Ne murmure pas, ô mon pré. »
Tout en chantant, il se souvient
Qu'assis à l'abri de la haie
Perebendia est orphelin.
Il s'attriste alors, se désole
Et voilà donc comment il est,
Le fantasque, le vieil errant.
Commence à chanter sur Tchaly
Et va finir sur Gorlitza.
Pour les jeunes filles aux prés
La chanson est sur « Gritz-le-Gars[2] »

---

1. *Perebendia* signifie « homme fantasque », « original ».

2. « Gritz-le-Gars » est une chanson populaire qui conte histoire d'un amour outragé.

Puis c'est la chanson du printemps ;
Pour les gars à l'estaminet,
Il chante « Serbine[1] » d'abord
Puis « La Belle Cabaretière[2] ».
Dans les festins des gens mariés
(Si la belle-mère est mégère)
Sur un malheur, un peuplier.
Et vient la chanson « Au bosquet[3] » ;
Au marché, ce sera « Lazare[4] »
Ou, pour mieux instruire le peuple,
Grave, il chantera comment fut
Ruinée la *Sitch* des Zaporogues.
Tel il est, ce Perebendia,
Le fantasque, le vieil errant,
Toujours commence par des rires
Et toujours finit par les larmes.
Le vent souffle, parcourt les champs.
Sur la tombe qui fait un tertre
Le *kobzar* est assis et joue.
La steppe est tout autour de lui
Ainsi qu'une mer large et bleue
Où les tombes, l'une après l'autre,
Se suivent à perte de vue.
Le vent fait flotter ses moustaches
Qui grisonnent, son vieux toupet.
Et tantôt le vent s'accroupit,
Écoute jouer le *kobzar*,
Écoute comment rit son cœur,

---

1. « Serbine » est une chanson populaire qui proteste contre l'outrage commis envers la dignité de la femme.
2. « La Belle Cabaretière » fustige l'hypocrisie.
3. « Au bosquet » condamne une mère méchante.
4. « Lazare » est une chanson d'inspiration religieuse dans laquelle l'homme riche persécute le pauvre.

Comment pleurent ses yeux aveugles,
Puis il recommence à souffler...
Il s'est caché, le vieil errant,
Dans la steppe sur une tombe
Pour que personne ne le voie,
Cependant que le vent disperse
Ses paroles parmi les champs,
Pour que les gens point ne l'entendent
Car c'est la parole de Dieu,
Car c'est le cœur qui parle à Dieu
Dans le sein de l'intimité,
Car c'est pour la gloire de Dieu
Le cœur lui-même qui gazouille,
Tandis que tout au loin s'envole
Sur un nuage la pensée,
S'envole comme fait un aigle
Aux ailes bleu et noir, plane,
Bat le ciel de ses larges ailes.
Sur le soleil elle se pose,
Lui demande où se tient sa couche,
Comment le matin il se lève,
Écoute ce que dit la mer,
Demande à la montagne noire :
« Pourquoi muette maintenant ? »
Et de nouveau remonte au ciel
Car le malheur est sur la terre ;
Sur la terre pourtant si grande
Il n'y a pas un petit coin
Pour qui sait tout, qui tout entend,
Pour qui sait ce que dit la mer
Qui sait où le soleil se couche.
Personne ici-bas ne l'accepte,
Il est seul au milieu de tous
Comme est seul aussi le soleil.
Certes, les hommes le connaissent

Puisqu'il vit avec eux sur terre.
Mais si les hommes l'entendaient
Quand il parle, seul, sur la tombe,
Quand il parle, seul, à la mer,
Eux-mêmes auraient bafoué
La sainte parole de Dieu.
« Imbécile », auraient-ils clamé
Au vieil errant, l'auraient chassé.
« Qu'il aille au-dessus de la mer
Se promener », auraient-ils dit.
Tu es bon, joueur de *kobza*,
Tu fais bien d'aller sur la tombe,
D'y chanter, mon père, et parler !
Ma colombe, vas-y longtemps
Tant que ton cœur ne s'endort pas,
Et chante comme tu le fais,
Pour que les gens point ne t'entendent,
Et pour que point ils ne te fuient.
Frère, envers eux, sois indulgent.
Danse, mon pauvre bougre, danse,
Comme un seigneur peut l'exiger
Puisqu'il est riche, ce seigneur.
Voilà comment il est, le vieux,
Le fantasque Perebendia.
Il entonne une chanson gaie,
Finit par une chanson triste.

Saint-Pétersbourg,
1839.

Caucase

À mon ami très cher
Jacob de Ballemin[1]

Qui changera ma tête en fontaine
et mes yeux en source de larmes
que je pleure jour et nuit les tués ?
(Jérémie, chap. 9, v. 1)

Un massif montagneux entouré de nuages,
Tout couvert de chagrin, tout arrosé de sang.

Depuis les temps immémoriaux
Un aigle y châtie Prométhée,
Chaque jour lui frappe les côtes,
Chaque jour lui brise le cœur.
Il le brise mais ne peut boire
Le sang vivant – le cœur revit
Et de nouveau se met à rire.
Notre âme ne peut pas mourir,
La liberté ne meurt jamais.
Même l'insatiable ne peut
Pas labourer le fond des mers,
Pas enchaîner l'âme vivante,
Non plus la parole vivante,

---

1. De Ballemain ou de Balmain Jacob (1813-1845) : ami de Chevtchenko, peintre, officier dans l'armée russe opérant au Caucase, il périt pendant une expédition dirigée contre les montagnards insoumis (les Tcherkesses).

Diffamer la gloire de Dieu,
Du Dieu très grand.

Ce n'est pas nous qui discuterons avec toi,
Ce n'est pas nous qui jugerons de tes affaires.
Il nous faut seulement pleurer, pleurer, pleurer,
Il ne faut que pétrir notre pain quotidien
Et la sueur mêlée à du sang et des larmes.
Notre vérité dort, on dirait qu'elle est ivre,
Et pendant ce temps-là nos bourreaux nous maltraitent.

Quand se réveillera-t-elle
Quand iras-tu te reposer ;
Dieu fatigué, nous laissant vivre ?
Nous croyons en Ta force, ô Dieu,
Et nous croyons en Ton esprit.
La vérité se lèvera !
La liberté se lèvera !
Tous les langages te loueront
Pour tous les siècles à venir.
Mais les rivières pour l'instant
Coulent toutes pleines de sang.

Un massif montagneux entouré de nuages,
Tout couvert de chagrin, tout arrosé de sang.

C'est là-bas que Nous, le Clément[1],
Avons surpris la liberté
Qui vivait nue et affamée
Et nous la pourchassons là-bas.
Beaucoup de soldats y sont morts.
Combien de pleurs ?
Combien de sang ?

---

1. Il s'agit du tsar Nicolas Ier.

Tous les empereurs, leurs enfants,
On pourrait tous les abreuver,
Les noyer dans les pleurs des veuves.
Et que de pleurs de jeunes filles
Dans le secret des nuits coulèrent
Et de chaudes larmes de mères
Et celles sanglantes des pères,
Des vieux ; ce ne sont pas des fleuves.
C'est une mer déjà qui monte,
S'étale et brûle. Oh ! Gloire ! Gloire !
Aux lévriers, à nos piqueurs,
Aux chiens, à nos pères les tsars,
Gloire !
À vous aussi, montagnes bleues
Et toutes couvertes de glace.
Gloire à vous, ô grands chevaliers,
Vous que Dieu n'a pas oubliés.
Luttez ; vous vaincrez ;
Dieu vous aide !
Avec vous sont la vérité,
La liberté sacrée, la gloire !
Aussi bien le morceau de pain
Que la hutte dans la montagne,
Tout est à toi, tout est à toi !
Cela tu ne l'as pas mendié,
Cela ne te fut pas donné,
Personne qui puisse prétendre
Que cela ne soit pas à toi,
Et qui te jette dans les fers.
C'est tout le contraire chez nous.
Parce que nous sommes instruits,
Que nous lisons les livres saints,
Que de la plus sombre prison
Jusqu'au plus élevé des trônes
Chacun de nous est couvert d'or

Et pourtant misérable et nu.
Venez donc apprendre chez nous !
Vous apprendrez, vous connaîtrez
Le prix du pain, celui du sel.
Nous sommes chrétiens, nous avons
Et des temples et des écoles,
Nous avons tout ce qui est bien
Et Dieu, Dieu lui-même est à nous.
Il n'y a pour nous agacer
Que votre hutte ; aussi, pourquoi
Est-elle à vous ? Ne serait-ce pas
Que nous vous l'avons octroyée ?
Pourquoi ne vous jette-t-on pas
Votre pain comme on jette aux chiens ?
Et pourquoi donc n'avez-vous pas
L'obligation de nous payer
Pour le soleil qui vous éclaire ?
Nous ne voulons rien que cela,
Nous ne sommes pas des païens,
Mais de véritables chrétiens.
Nous nous contentons de si peu...
Si vous deveniez nos amis,
Vous apprendriez bien des choses ;
Nous avons bien assez de place
Pour tous ; rien que la Sibérie,
Pensez quel immense pays ?
Et combien de prisons, de gens,
Mais à quoi bon, pourquoi compter ?
Du moldave jusqu'au finnois,
On se tait dans toutes les langues ;
Car partout chez nous l'on prospère
Et chez nous le moine dévot
Lit la Sainte Bible, il enseigne
Que jadis il y eut un tsar
Qui gardait les cochons et prit

Pour femme celle d'un ami
Qu'il fit tuer auparavant.
Ce tsar est au ciel, voyez donc
Par quelle sorte de mérite
On peut gagner le paradis.
Vous êtes encore ignorants,
Vous ne connaissez pas encore
La civilisation chrétienne
Telle qu'on la trouve chez nous.
Apprenez-la... voici la loi :
« Pille et vole car ainsi
Tu verras le paradis. »
....
Si tu t'es laissé crucifier,
C'est pour qui, Jésus, fils de Dieu ?
Est-ce que c'est pour nous, les bons,
Pour la vérité ? Ou peut-être
Pour que nous nous moquions de toi ?
Hélas ! Il en est bien ainsi.
Oui, les temples et les chapelles,
Les icônes, les chandeliers,
La fumée de la myrrhe et puis
Les adorations inlassables.
Tout cela devant Ton image !
Ils prient pour le vol, pour la guerre,
Pour le sang ; ils prient pour encore
Répandre le sang fraternel.
Ensuite ils te feront le don
D'un linceul qu'ils auront volé
Au beau milieu de l'incendie.

Puisque nous sommes éclairés,
Nous voulons éclairer les autres,
Montrer aux enfants ignorants
Le soleil de la vérité.

Tu comprends ! Nous montrerons tout.
Laissez-nous seulement vous prendre
Dans nos mains, vous apprendrez tout !
Comment construire des prisons,
Forger des chaînes, les porter,
Comment tresser des fouets noueux.
Vous apprendrez tout ; seulement
Donnez-nous vos montagnes bleues,
Puisque nous vous avons déjà
Enlevé la plaine et la mer.

Pour toi donc l'exil à ton tour, mon seul ami,
Mon bon Jacob. Ce n'est certes pas pour l'Ukraine
Mais c'est pour son bourreau que tu répands ton sang.
Tu as dû boire le calice moscovite,
Le poison moscovite, il t'a fallu le boire.
Mon bon ami Jacob, inoubliable ami,
Que ton âme toujours vive dans notre Ukraine :
Vole au-dessus des berges avec les Cosaques,
Cherche les tombes remuées parmi la steppe,
Verse de tristes larmes avec les Cosaques
Attends-moi dans la steppe à mon retour d'exil.

En attendant cet heureux jour,
Mes pensées, ma peine féroce,
Je les sèmerai ; qu'elles croissent,
Qu'elles causent avec le vent.
Et le vent doux de notre Ukraine
Avec la rosée portera
Mes pensées au loin jusqu'à toi.
Ami, tu les accueilleras,
Pleurant des larmes fraternelles,
À voix basse tu les liras
Tu te souviendras de la steppe,

Et des tombes et de la mer
Et tu te souviendras de moi.

Pereïaslav,
le 28 novembre 1845.

Gamalia[1]

« Pas de vague, de vent qui vienne de l'Ukraine.
Est-ce qu'en ce moment même on y délibère
Comment contre les Turcs faire un soulèvement ?
Rien n'en vient jusqu'à nous en pays étranger
Ô souffle, vent ! Souffle d'au-delà de la mer,
D'au-delà de la mer et du Veliki Loug[2],
Sèche nos pleurs, couvre le cliquetis des chaînes,
Chasse notre tristesse. Et toi, mer azurée,
Ô mer, agite-toi, va porter les chaloupes[3]
De Cosaques dont rien ne se voit de la rive
Que leurs bonnets et qui vers ce rivage hostile
Naviguent, rament pour venir nous délivrer.
Même si ce n'est pas pour nous chercher qu'ils viennent,
Ô Dieu, fais-les venir d'Ukraine jusqu'ici.
Lorsque nous aurons vu cet exploit des Cosaques,
Nous aurons vu leur gloire et nous pourrons mourir. »

---

1. Gamalia est inconnu comme personnage historique. Il est toutefois exact que les Zaporogues effectuaient des traversées par mer jusqu'à Byzance et délivraient les captifs de l'esclavage turc.
2. Veliki Loug est le nom ancien de la contrée située sur la rive gauche du Dniepr, non loin de son embouchure, qui était le lieu de chasse et de pêche des Zaporogues.
3. Lesdites chaloupes sont des *baïduks*, ces embarcations fluviales de bois à fond plat surmontées d'un mât. Aux XVIIe et au XIXe siècles, les *baïdaks* servaient au transport des marchandises sur le Dniepr. Pour déplacer ces bâtiments, on se servait de rames ou de voiles. Aux XVIe et XVIIIe siècles, les Zaporogues se servaient de *baïdaks* comme bâtiments de guerre pour aller en pleine mer.

Ainsi chantaient les Cosaques à Scutari[1],
Ainsi chantaient les pauvres diables dans les larmes
Et de pleurer mettait le comble à leur tristesse.
Le Bosphore se mit à trembler car jamais
Il n'avait entendu les Cosaques pleurer.
Il gémit, le puissant, et comme un taureau gris
Il frissonna très fort et tout en mugissant
Il repoussa la vague au loin dans la mer bleue.
Et la mer répéta les clameurs du Bosphore
Puis elle les chassa vers le golfe du Dniepr,
Celui-ci jusqu'aux flots du fleuve les porta
Et le Dniepr, notre aïeul vigoureux, tempêta
Et l'écume à ce cri tomba de ses moustaches :

« Dors-tu, m'entends-tu, frère Loug ?
M'entends-tu, toi, sœur Khortitsa[2] ? »
Et Loug et Khortitsa grondèrent :
« J'entends. J'entends. » Alors le Dniepr
Fut soudain couvert de chaloupes
Et les Cosaques entonnèrent :
« La Turque a sur l'autre rive
Bâtisse sur pilotis :
Ohé ! Mer, déchaîne-toi,
Mugis et brise les rocs,
Allons lui rendre visite. »

« La Turque a bien dans ses poches
Des thalers et des ducats.
Point n'y allons pour cela,

---

1. Scutari, aujourd'hui Üsküdar, est le faubourg asiatique d'Istanbul sur le Bosphore.

2. Khortitsa, îlot pierreux sur le Dniepr, devint la résidence de la *Sitch* des Zaporogues à l'époque de la formation de l'unité des Cosaques ukrainiens.

Mais pour tuer, incendier
Et pour délivrer nos frères. »

« La Turque a des janissaires
Et sur son banc le pacha.
Hé ! Les ennemis. Nous autres,
Nous n'hésitons pas. À nous
La gloire et la liberté. »

Ils naviguent en chantant,
Le vent soulève la mer.
À la proue Gamalia
Qui dirige la chaloupe.
Ô Gamalia, regarde
Comme la mer est furieuse :
« Elle ne nous fait pas peur. »
Et sur les flots disparaissent.

Byzance dort dans son harem, son paradis,
Scutari dort aussi ; mais, comme un possédé,
Le Bosphore bouillonne et tantôt on l'entend
Gémir, tantôt hurler pour éveiller Byzance :
« Bosphore, ne l'éveille pas, malheur à toi !
Tes côtes blanches je les couvrirai de sable,
Je t'ensevelirai dans des couches de vase –
A mugi la mer bleue – « Ne sais-tu pas quels hôtes
Je porte au sultan... » et la mer le retenait
(Car elle aimait les vaillants Slaves à moustache).
Le Bosphore se calme et la Turque somnole
Avec dans le harem le sultan paresseux,
Et seuls, ils ne sommeillent pas, à Scutari,
Les Cosaques dans le caveau. Qu'attendent-ils ?
Liés de chaînes, ils prient Dieu du mieux qu'ils peuvent,
Tandis qu'en mugissant les vagues se succèdent.

« Ô toi, Dieu vivant de l'Ukraine,
Ne périssent pas les libres Cosaques
À l'étranger, dans l'esclavage.
Quel déshonneur sur terre, aux cieux,
Pour un Cosaque, ce serait
Que se lever dans un cercueil
Étranger, en terre étrangère,
D'aller à ton saint jugement
Les mains dans les fers, enchaîné...
Sus ! Bats, égorge, impitoyable,
Les mahométans incroyants »
Crie-t-on derrière le rempart.
Mais qu'est-ce qu'on entend ? Qui est-ce ?
Gamalia, le cœur défaille,
Scutari se met en colère.
« Égorgez », crie Gamalia,
Escaladant la forteresse
Les canons de Scutari grondent,
Et les ennemis vocifèrent,
Ils sont furieux, les ennemis.
Les Cosaques se précipitent
Et repoussent les janissaires.
Et Gamalia va et vient
Dans cet enfer de Scutari,
Détruit les prisons, rompt les chaînes.
« Vers le bazar, envolez-vous,
Faucons, prenez votre butin. »
Les fauconneaux se secouèrent
Car ils n'avaient pas entendu
De longtemps la langue chrétienne.
Et la nuit même tressaillit.
La vieille mère n'a pas vu
Ce que la victoire a coûté
Aux Cosaques ; ne t'effraye pas,
Admire le festin cosaque.

Il fait noir comme tous les jours
Et pourtant la fête était grande.
Ce ne sont pas là des voleurs
Mangeant avec Gamalia,
Mangeant en silence du lard
Sans viande de mouton grillé.
« Éclairons-nous, mettons le feu. »
Et Scutari et ses vaisseaux,
Tous ses vaisseaux à plusieurs mâts,
Sont de flamme jusqu'aux nuages.
Byzance alors s'est réveillée
Byzance écarquille les yeux,
Grince des dents, accourt à l'aide.

Byzance crie et se démène,
De ses mains touche le rivage,
L'atteint, pousse un grand cri, se lève,
Sous les coups de couteau reçus
Tombe défaillante et muette
Et son sang coule de partout.
Scutari est une fournaise,
Le sang coule dans les bazars,
Vient enfler le large Bosphore
Et, hardis, les Cosaques volent
Comme dans un bois les oiseaux.
Aucun ne fuira ! Tout ce feu
Ne brûle pas les audacieux.
Voici qu'ils détruisent les murs,
Ils emportent l'argent et l'or
Qu'ils ont versé dans leurs bonnets,
Ils en emplissent les chaloupes.
Scutari flambe, le carnage
S'achève, les gars se rassemblent,
Allument leur pipe à des flammes,
Tirent maintenant leurs chaloupes

En coupant les vagues rougies
Par les reflets de l'incendie,
Naviguent ainsi qu'ils feraient
Si de chez eux ils revenaient
Tout comme s'ils se promenaient.
Pardi, ce sont des Zaporogues
Qui chantent tout en naviguant.

« Le chef Gamalia,
Notre chef implacable,
A rassemblé ses gars,
Pris la mer avec eux,
Le chef a pris la mer
Pour se couvrir de gloire,
Pour délivrer ses frères
De la prison des Turcs.
Gamalia partit
Et vint à Scutari.
Les frères zaporogues
Y attendaient la mort.
Gamalia cria :
Frères, nous allons vivre
Vivre, boire du vin,
Battre les janissaires
Et recouvrir nos huttes
De tapis, de velours. »
Les vaillants Zaporogues
Se jetaient sur les champs
Pour moissonner le seigle,
Ils le mettaient en meules
Et chantaient tous ensemble :
« Gloire à Gamalia
Dans le monde, partout,
Dans le monde, partout.
Gloire dans notre Ukraine,

Pour n'avoir pas laissé
Périr à l'étranger
Des frères zaporogues. »

Ils naviguent en chantant, les Cosaques :
« Revient l'implacable Gamalia
Pareil à l'aigle gardant ses aiglons.
Des Dardanelles souffle un vent : Byzance
Ne se met pas pourtant à la poursuite ;
Parce que Byzance a peur que le Moine[1]
Dans Galata[2] ne remette le feu
Ou bien que l'hetman Yvan Pidkova[3]
Ne les appelle en mer pour le combat. »
Ils naviguent et le soleil caché
Par une vague empourpre une autre vague
Et bouillonne et bruit la mer bien-aimée :
« Ô Gamalia, le vent souffle.
Voici... Voici... La mer, la nôtre. »
Et les vagues les ont cachés
Comme des montagnes vivantes.

Lors de la traversée pour Stockholm
par la Baltique, fin 1842.

1. Le Moine, c'est l'hetman Petro Kanochevitch-Sagaïdatchny. Sous son commandement, les Cosaques ont effectué plusieurs campagnes contre les villes-forteresses des Tatars et des Turcs, qui, en ce temps-là, étaient les principaux marchés d'esclaves. En vérité, Sagaïdatchny n'était pas moine ; il mourut en 1622 d'une blessure qu'il reçut lors d'un combat.

2. Galata, faubourg de Byzance.

3. Ivan Pidkova est le nom d'un chef cosaque.

Un moine

Cela fut à Kiev, à Podol,
Et cela ne reviendra plus
Car le passé ne revient pas.
Ce qu'on attend ne revient pas.
Moi, malgré tout, j'espérerai,
J'attendrai malgré tout mon frère,
Et que mon cœur ait à souffrir,
Que mon cœur souffre de regret !

À Kiev, à Podol, elle allait,
Notre liberté fraternelle,
Allait sans serfs et sans seigneurs,
Allait en veste d'apparat,
Se promenait toute joyeuse,
Couvrait le chemin de velours,
Au-dessus mettait une soie,
Ne cédait le pas à personne.

À Kiev, à Podol, les Cosaques
Qui sont en train de festoyer
Versent le vin dans les baquets
Tout comme si c'était de l'eau,
Car ils ont acheté les caves,
Ont acheté les cabarets
Ainsi que les cabaretières
Et les vins et les hydromels.
Les Cosaques font la kermesse.
La musique gronde et gémit,
Elle égaye, distrait le peuple.

Les séminaristes regardent
Cette fête à la dérobée
Par les fenêtres de l'école.
S'ils étaient libres de le faire,
Sûrement ils y prendraient part...
Mais quel est donc cet homme, ici,
Qu'entourent peuple et musiciens ?

En pantalons de velours rouge
Dont les bas balayent la rue,
Vient un Cosaque. Années, années,
Quoi ? Vous l'aviez donc oublié,
Pour que ce vieillard danse ainsi,
De ses pieds levant la poussière,
Et puisse en même temps chanter :
« Ah ! Qu'il s'échappe, le crabe,
Quand on l'attaque, l'attrape.
Le pavot, que tu le sèmes
Pour la femme, femme, femme.
Je frappe, frappe le sol,
Je le frappe des talons.
Ce qui me reste de force
Pour les pointes ce sera.
Voilà, voilà mes talons.
Se déchaînent mes talons !
Je frappe, frappe le sol
De mes pieds, de mes talons. »

Ainsi le vieux chanta, dansa
Jusqu'à l'église du Sauveur[1],
Il était suivi des Cosaques
Et même de toute la ville,
De la bonne ville de Kiev.

1. Il s'agit de l'église du Sauveur à Mejigori.

Il a dansé jusqu'au portail
Et s'est mis à crier : « Ohé !
Saints moines, venez saluer
Votre camarade du Loug. »

La sainte porte s'est ouverte,
A laissé passer le Cosaque
Puis elle s'est fermée sur lui,
Pour toujours elle s'est fermée.
Qui donc était ce vieillard blanc
Qui faisait ses adieux au monde ?
Cet homme était Semen Palille[1],
Un Cosaque de Zaporogue
Qui vécut un tas d'aventures
Et qui put en sortir indemne.

Le soleil se lève très haut
Et se couche bas ? Entre-temps,
Sans cesse le moine au long froc
Dans sa cellule va et vient.
Le moine part pour Wischgorod,
Contemple la ville de Kiev,
Va s'asseoir sur une colline,
Et regretter le temps passé.
Il va vers le Dzvonkovaïa[2],
Va boire au puits dans le ravin,
Se souvient comme dans le monde
C'était difficile de vivre.

---

1. Hetman des Cosaques de la rive droite de l'Ukraine, Semen Paliy était l'adversaire de l'hetman Ivan Mazepa. Calomnié et livré par lui à Pierre le Grand, il fut exilé en Sibérie. Finalement grâcié, il revint en Ukraine. Il n'est pas certain qu'il fût moine. Ivan Mazepa (1644-1709) fut un grand mécène, un hetman d'Ukraine et un adversaire de Pierre le Grand.
2. Dzvonkovaïa, nom d'un puits près du monastère.

Puis il rentre dans sa cellule ;
Là, entre les sourdes murailles,
Il se rappelle ses années,
Il se rappelle sa jeunesse.
Il prend le psautier dans ses mains,
Et c'est à haute voix qu'il lit,
Mais dans ses pensées le vieux moine
S'envole loin, très loin de là.
Et les mots du texte sacré
Deviennent de plus en plus faibles ;
Voici qu'entre dans sa cellule
Le lieu même de Zaporogue,
Que devant ses yeux se ranime
La communauté des Cosaques
Et que l'hetman aux cheveux blancs,
Aux yeux comme ceux des hiboux,
Fixe le moine dans les yeux.
Puis c'est la musique, les danses
Et la ville de Berditchev... ·
Les chaînes cliquettent... Ensuite,
C'est Moscou... les neiges... les bois
Et maintenant l'Iénisséï...
Les larmes coulent de ses yeux
Descendent jusque sur le froc...
Vieillard, il te faut prier Dieu,
Dompte ton vieux corps, lis la Bible
En écoutant le son des cloches,
Mais à ton cœur ne donne pas
La liberté, puisque déjà
Il t'a conduit en Sibérie,
Et toute ta vie t'a trompé.
Endors-le, laisse donc en paix
Et ton village de Borzna,
Et ton village de Fastof,
Tout va périr, tu périras,

De toi nul ne se souviendra
Il faut que tu saches cela.
Et le vieillard de sangloter.
Il arrête là sa lecture
De la Bible et dans sa cellule
Il va et vient puis il s'assoit
Et s'abandonne à ses pensées :
« Pourquoi suis-je né dans ce monde ?
Pourquoi tant aimer mon Ukraine ? »

Une cloche sonna matines,
Et le vieux moine se leva,
Mit son bonnet et prit sa crosse,
Se signa, prit son chapelet
S'en alla vers le monastère
Y prier Dieu pour son Ukraine.

Forteresse d'Orsk, 1847.
Moscou, 1858.

Un fou

Alors que régnait le tsar-feldwebel[1],
Le caporal manchot Gavrilovitch[2]
Et le sous-off ivre Dolgorouki[3]
Gouvernaient l'Ukraine. Ils ont en effet
Fait beaucoup de bien, ces sous-offs satrapes ;
Ils ont dépouillé bon nombre de gens,
Le Gavrilovitch aux cheveux ras surtout,
Aidé qu'il était par un caporal
Remarquablement agile et méchant.
Ils ont donc si bien fait marcher le peuple
Que Sa Majesté Feldwebel lui-même
Admirait le dressage et tout le reste,
Si bien que toujours il fut bienveillant
À l'égard de ses caporaux zélés.
Nous regardions en silence, nous autres,
Nous nous grattions le toupet sans rien dire.
Vous, esclaves muets, esclaves lâches,
Vous qui serviez au tsar de marchepied,
Laquais du caporal saoul, pharisiens,
Dénonciateurs dans des livrées brodées,
Ce n'est pas à vous de vouloir défendre,
La sainte vérité, la liberté.
Car vous avez appris à crucifier

---

1. Le tsar-feldwebel, c'est-à-dire Nicolas Ier (1796-1855).

2. Le caporal Gavrilovitch, dit « le Manchot ». Gavrilovitch Bezroukiï fut gouverneur de Kiev de 1830 à 1840.

3. Dolgorouki est le surnom du prince Dolgoroukoff qui fut gouverneur de Kharkov, Poltava et Tchernigov en 1840.

L'homme, votre frère, et pas à l'aimer.
Oh ! Genre humain, vaniteux et maudit,
Quand est-ce donc qu'enfin tu crèveras ?
Quand verrons-nous chez nous un Washington
Venir avec sa loi nouvelle et juste ?
Et, quand même, un beau jour, il sera là.
Gavrilovitch opprimait à l'époque
Non pas des centaines, mais des millions
De Polians, de Doulebs, de Drevlians[1],
Vous aussi, mes fiers habitants de Kiev,
Et vos pimpantes Kieviennes données
Par le caporal-satrape à ceux-là
Qui simplement en faisaient leurs servantes,
À ses acolytes, à ses ivrognes,
Et cela vous laissait indifférents.
Parmi vous, tout de même, il se trouva
Un drôle d'homme original, un fou,
Qui porta la main sur le caporal –
Et, qui plus est, c'était dans une église –
Et le caporal encaissa la gifle
Sans réagir, tout à fait comme un chien.
Vous auriez dû, vous autres imbéciles,
Avec des fourches vous jeter sur lui,
Mais c'est la peur qui vous paralysait,
Et voilà comment cela s'est passé.
Un jour parmi ce million de porchers
Il s'est trouvé un courageux cosaque
Qui par tout l'empire fit tant de bruit,
D'avoir porté la main sur le satrape,
Mais vous, véritables faibles d'esprit,
Vous l'avez renié, vous l'avez dit fou
Quand le caporal se sentait honteux,

1. Les Polians, les Doulebs, les Drevlians sont les trois anciennes tribus slaves qui ont formé la nation ukrainienne.

Et votre Feldwebel-Sardanapale,
Au bagne, bien sûr, envoya ce juste ;
Mais envers le vieux satrape giflé
Il demeura toujours très bienveillant
Et l'affaire resta sans autre suite,
Le drame jeté sur un tas d'ordures.
Mon étoile claire, tu me conduis
De la prison où je suis maintenant
Au tas d'ordures du tsar Nicolas,
Précisément ; tu brilles, tu l'éclaires
D'une sainte lueur, tu le pénètres
Et le fumier se dresse devant moi,
Une colonne d'abomination.
Tsar éhonté, tsar sadique et toujours
Le persécuteur de la vérité,
Tel tu fus, tsar, et telle fut ton œuvre.
Œil omniscient, Toi Tu voyais de haut
Comment l'on conduisait en Sibérie,
Des esclaves, des justes, dans les fers,
Comment on les torturait, les pendait
Les crucifiait. Et Tu l'ignorais donc ?
Ou Tu l'as vu sans devenir aveugle ?
Œil, grand œil scrutateur, en vérité
Tu ne pénètres pas profondément,
Tu dors dans ton cadre doré – les tsars...
Ah ! Que le diable emporte ces gredins !
Que leurs rêves soient hantés par les fers !
En Sibérie moi je m'envolerai
Et j'irai plus loin que le Baïkal.
Là, je regarderai dans les montagnes,
Je regarderai dans les noirs bas-fonds,
Dans les trous profonds qui n'ont pas de fond.
Défenseurs de la sainte liberté,
Je vous guiderai, vous, hors des ténèbres,
Hors de la puanteur, de la prison,

En pleine lumière je vous mettrai,
Vos longues cohortes chargées de fer,
Je les exposerai devant les tsars,
Je les exposerai devant les hommes.

Nijni-Novgorod,
1857.

Le Forçat

Alors que je vagabondais
À l'étranger, longeant l'Ilek[1],
Je rencontrai un très vieil homme.
Ce vieillard était un pays,
Un forçat et mort à demi
Sous les tortures endurées.
On se rencontra dans les champs
Un dimanche, on causa longtemps.
Le vieil homme se souvenait
De la sainte Volyne, du temps
Qu'il était jeune encore et libre,
De ce qu'il avait fait jadis.
Nous nous sommes assis dans l'herbe
Près d'un rempart, avons parlé,
Nous sommes fait des confidences.
« Une longue vie, dit le vieux.
Tout vient de Dieu, tout de Dieu seul !
L'homme est bête et ne peut rien faire
Par lui-même. Comme tu vois,
Moi j'ai pour rien ruiné ma vie,
Mais pourtant je ne me plains pas,
Ne demande rien à personne.
Ainsi mon fils, mon seul ami,
Je mourrai loin de mon pays,
Mourrai privé de liberté. »
Le vieux forçat pleurait tout bas,
Mon frère aux cheveux gris pleurait.

1. L'Ilek, ou Elek, est une rivière du Kazakhstan, affluent de l'Oural.

Tant que l'espoir dans ta masure
Vit encore, ne le chasse pas !
Qu'il vive ! Que parfois l'espoir
Réchauffe ta masure vide.
Les pleurs de la consolation
Couleront de tes yeux vieillis
Et le cœur, baigné de ces pleurs,
Reposera, s'envolera
Depuis les pays étrangers
Jusque dans ton pays natal.
« Bien des choses n'existent plus,
De l'eau a coulé dans l'Ikva[1],
Dit le vieux. Là-bas sur les bords
De l'Ikva était un village ;
Dans ce village j'ai grandi
Pour mon malheur et pour ma perte.
Oh ! Ma misérable fortune !
Notre vieille maîtresse avait
Deux jeunes seigneurs de mon âge.
Elle me prend dans son château
Pour qu'ils s'amusent avec moi.
Ils grandissaient, ils grandissaient
Tous deux comme de jeunes chiens.
Ils me mordaient, ces petits, moi,
D'autres camarades aussi.
Enfin, on commence un beau jour
À leur apprendre à lire, à écrire
Et moi, pour mon plus grand malheur,
J'apprenais en même temps qu'eux.
Ces études, pour moi, ce fut
Des larmes et du sang. Pourquoi
Nous apprendre à nous l'écriture,

1. L'Ikva est une rivière qui traverse la Volhynie, dans le nord-ouest de l'Ukraine.

À nous que l'on vendait moins cher
Qu'un chien de seigneur ? Un esclave
Ne doit savoir que prier Dieu,
Trébucher après la charrue,
Il ne doit savoir rien de plus,
Puisque c'est son destin à lui.
Je grandissais et j'apprenais.
Je demande la liberté
À ma maîtresse, elle refuse,
La maudite, et ne veut non plus
Que je parte comme soldat.
Alors que faire dans ce monde ?
Je revins donc à la charrue
Alors que les jeunes seigneurs
Entraient à la Garde impériale.
Et ce furent de dures années
Que celles-là ! Pénible époque !
Je travaillais à la charrue,
Je n'étais qu'un pauvre orphelin.
Et chez les voisins travaillaient
Comme bonne une jeune fille.
Et moi... Oh ! Destin malheureux,
Oh ! Mon Dieu, c'était une enfant.
Elle... Mais ce n'est pas à nous
À juger tes actions, ô Dieu !
Ainsi donc cette enfant grandit
Pour mon malheur et pour ma perte.
Et je n'eus même pas le temps
De l'admirer et je pensais
L'épouser, être heureux et vivre
Louant les gens et louant Dieu.
Ce qui fut au lieu de cela !
On acheta des victuailles,
On tirait déjà de la bière.
Seulement le sort refusa

Qu'on la boive, nous, cette bière...
Le vieux galant de la maîtresse
Vola le festin, but la bière
Déshonora la fille... Assez !
Du temps est passé, oublions,
Il ne faut plus s'en souvenir.
Rien n'en reste, tout est fini...
Je quittai les champs, la charrue,
La chaumière, et le potager,
J'abandonnai tout... Mais le diable
Me conseilla de travailler
À la commune comme scribe.
Un an, comme ci, comme ça,
S'écoula. Moi je scribouillais
Et je me faisais des amis
Parmi les hommes, de bons gars.
Une année encore s'écoula.
L'été suivant sont revenus
Les jeunes seigneurs, fiancés,
Se sont installés au château.
Ils se promènent, jouent aux cartes
En attendant le mariage.
Ils débauchent pendant ce temps
Les jeunes filles du village,
Rien d'étonnant, c'est des seigneurs.
Et nous aussi, tout le village,
Nous attendons qu'on les marie.
Ce fut fait à la Trinité
Dans la chapelle du château,
Dans la chapelle catholique.
Les seigneurs étaient polonais.
Dieu lui-même ne vit jamais
Rien de plus beau sur cette terre
Que ces couples de mariés.
Aux sons d'une belle musique

Ils revenaient accompagnés
Depuis l'église vers leurs chambres
Qu'on venait de remettre à neuf
Quand nous les avons rencontrés,
Des jeunes princes, des seigneurs,
Avec les jeunes mariés,
Et les avons tous égorgés.
La noce baigna dans le sang.
Aucun de tous ces catholiques
Ne se sauva, ils furent tous
Abattus comme des pourceaux
Dans la boue puante. Et nous autres,
Après avoir tout achevé,
Sommes partis à la recherche
De notre nouvelle maison
Et bientôt nous l'avons trouvée.
Elle était cette chambre verte
Dans les prés, la sombre forêt,
Les steppes, les ravins profonds.
C'était partout notre maison,
Il y avait assez de place
Pour s'amuser, se reposer.
Je fus désigné comme chef.
Ma famille allait augmentant,
Atteignait déjà la centaine.
Ainsi que celui des pourceaux
Le sang coulait. J'égorgeais tout
Ce qui portait nom de seigneur.
Je n'avais aucune colère
Et non plus de miséricorde.
C'était ainsi, je ne savais
Moi-même ce que je voulais.
Je marchais avec des couteaux,
Pendant trois ans je suis allé
Comme ferait un boucher ivre

Et je m'habituais à tout,
Aux pleurs, au sang, à l'incendie.
Il m'est arrivé de jeter
Du bout de ma pique un enfant
Dans le feu comme une grenouille,
D'attacher une demoiselle
Au visage blanc sur la croupe
D'un cheval et de le chasser
En pleine steppe... Il m'arrivait...
Il m'en arrivait tellement...
Tout cela me devint odieux ;
La tête de plus en plus lourde,
Il me devenait difficile
De passer mon temps dans les bouges...
Je voulais me couper la gorge
Pour mettre fin à cet état.
Et je l'aurais certes fait, mais
Un miracle se produisit,
Un miracle étrange se fit
En moi, le barbare inhumain.
Or, le jour commençait à poindre
Juste au moment où je sortais
De la forêt de Brovary
Portant dans ma botte un couteau
Avec lequel m'ouvrir la gorge,
Je vois notre Kiev, grande et sainte,
Comme suspendue dans le ciel ;
Ses cathédrales, ses églises
Brillent comme un miracle, ont l'air
De s'entretenir avec Dieu.
Je regardais, d'admiration
Je me pâmais, alors les cloches
De Kiev se mirent à sonner
Tout bas... Comme elles le font aux cieux.
Ô mon Dieu, mon Dieu bien-aimé,

Dieu merveilleux ! Et je pleurais
Et j'ai pleuré jusqu'à midi
Et je me suis senti si bien,
J'étais comme régénéré.
Alors la tristesse a fondu
Et n'a laissé aucune trace.
Autour de moi je regardai,
Je fis le signe de la croix
Et je me dirigeai vers Kiev
Doucement pour prier les saints
Et pour entendre la sentence
De la justice des humains. »

Forteresse d'Orsk, 1848.
Saint-Pétersbourg, 1858.

La Folle

Il mugit et gémit, le large Dniepr ;
Au-dessus de lui hurle un vent puissant
Qui courbe jusqu'à terre les grands saules,
Soulève les flots, on dirait des monts.
À cette heure-là, la lune encore pâle
Sortait un peu de derrière un nuage
Comme une nacelle dans la mer bleue
Qui tantôt émerge et tantôt s'enfonce.
Les troisièmes coqs n'avaient pas chanté,
Personne encore ne faisait de bruit ;
Dans le bosquet s'appelaient les hulottes
Et de temps en temps le frêne grinçait[1].

Alors au pied de la colline
Près du bosquet qui se distingue,
Tache noire au-dessus de l'eau,
Erre quelque chose de blanc,
Peut-être une petite ondine
Sortie chercher sa mère ou bien
Attendant un jeune Cosaque
Qu'elle chatouillerait à mort.
Ce n'est pas une ondine errante,
C'est une fille jeune et folle
Qui ne sait pas ce qu'elle fait :
La sorcière l'ensorcela
Pour qu'elle se languisse moins,

---

1. Les douze premiers vers de « La Folle » sont très connus en Ukraine : isolés de la suite du poème, ils sont devenus une chanson populaire.

Pour qu'à minuit errant ainsi
Elle attende tout en dormant
Son jeune Cosaque parti
L'année passée et qui promit
De revenir, mais il se peut,
Il se peut bien qu'il ait péri.
Ce n'est pas par un taffetas
Qu'ont été recouverts les yeux
Du Cosaque et, son blanc visage,
Il n'aura pas été lavé
Par les pleurs de la jeune fille :
Un aigle arracha les yeux bruns
À coups de bec, à l'étranger ;
Son corps fut mangé par les loups.
Tel fut le sort de ce Cosaque.
C'est en vain que la jeune fille
L'attend, le cherche chaque nuit.
Son bien-aimé aux sourcils noirs
Ne viendra pas la saluer ;
Il ne défera pas sa natte,
Ne lui nouera pas son fanchon.
Pas dans un lit, dans une bière,
Et seule, elle se couchera.

Tel est son sort... Oh ! Dieu très bon, pourquoi si jeune
La punis-tu ? Serait-ce pour avoir aimé
Aussi fort les yeux du Cosaque ? À l'orpheline
Pardonne, ô Dieu ! Qui d'autre pouvait-elle aimer ?
Seule comme un oiseau dans un pays lointain,
Elle n'a pas de père, elle n'a pas de mère.
Accorde-lui meilleur destin, elle est si jeune.
Sinon, indifférents, les gens se moqueront.
Est-ce que la colombe est coupable d'aimer
Et son pigeon d'être tué par le faucon ?
Elle est triste, roucoule et languit dans le monde

Et vole, cherche et croit qu'il ne s'est qu'égaré.
La colombe est heureuse ; elle vole très haut,
Monte vers Dieu lui demander son bien-aimé.
À qui le demandera-t-elle, l'orpheline ?
Qui lui dira, qui donc sait où son bien-aimé
Est à passer ses nuits : dans un sombre bosquet,
Abreuvant son cheval au Danube rapide
Ou bien avec une autre et c'est celle qu'il aime ?
Elle, déjà, sa bien-aimée aux sourcils noirs,
Est oubliée. Si elle avait des ailes d'aigle,
Elle aurait recherché partout son bien-aimé,
L'aurait trouvé, même au-delà de la mer bleue.
Et s'il était vivant, elle l'aurait aimé,
Aurait étranglé l'autre, et s'il ne l'était plus,
Elle l'aurait suivi dans sa fosse de mort,
Car le cœur aime, ainsi qu'il ne peut partager.
Il voudrait ce que Dieu ne nous accorde pas :
Pour ne jamais souffrir, il voudrait ne pas vivre.
La chanson dit : « Afflige-toi », pousse au chagrin.
Oh, Dieu très bon, c'est ainsi qu'est ta volonté,
Mais tel est son bonheur, tel est son sort.
La jeune fille continue
D'aller, de venir sans un souffle.
Il ne bruit plus, le large Dniepr,
Le vent a chassé les nuages,
Il est allé près de la mer
Se coucher pour se reposer,
Tandis qu'au ciel la lune brille
Au-dessus de l'eau, du bosquet.
Alentour règne le silence.
Tout à coup émergent du Dniepr
En riant de petits enfants
Et crient : « Allons nous réchauffer.
Le soleil déjà s'est levé. »

(Ils sont nus, ce sont des fillettes
Qui portent des nattes de laîche.)
....

« Êtes-vous toutes là ? » –
Leur crie la mère. « Allons
Chercher notre souper,
Réchauffons-nous, jouons,
Chantons une chanson :
        Hou ! Hou !
Esprit, esprit de paille !
Ma mère m'enfanta,
Puis elle me coucha,
Ne me baptisa pas.
        Lune !
        Ô notre colombe !
Viens souper avec nous !
Un Cosaque est dans les roseaux,
À la main un anneau d'argent,
Tout jeune avec des sourcils noirs.
C'est hier que nous l'avons trouvé,
Un Cosaque dans la chênaie.
Brille plus longtemps sur la plaine
Que nous puissions nous amuser,
Pendant que volent les sorcières,
Tant que les coqs ne chantent pas.
Éclaire-nous... Tiens ! Quelque chose
Qui se promène. La voici
Sous le chêne, mais que fait-elle ?
        Hou ! Hou !
Esprit, esprit de paille !
Ma mère m'enfanta,
Puis elle me coucha,
Ne me baptisa pas. »

Et les ondines de rire...
Le bosquet en retentit,
Vacarme, des cris perçants
Comme ferait une bande
Qui partirait à l'attaque.
Et comme des forcenées
Elles accourent au chêne ;
Rien ! Les ondines s'arrêtent
Regardent, voient quelque chose
Qui grimpe le long du tronc
Et monte jusqu'au sommet.
C'était notre jeune fille,
Somnambule parce que
La sorcière lui donna
Cette sorte de folie.
Elle est montée tout en haut,
Elle est là sur une branche...
De douleur le cœur se serre !
Elle de tous côtés
Regarde et bientôt descend.
Sous le chêne les ondines
En silence l'attendaient,
Ont saisi la malheureuse
Et l'ont chatouillée à mort
Et pendant longtemps, longtemps
Ont contemplé sa beauté.
Les troisièmes coqs ont chanté,
Les ondines plongent dans l'eau,
On entend chanter l'alouette
Le rossignol et le coucou.
Au-dessus du bosquet la lune
Se déplace ; le ciel s'empourpre
Là-haut derrière la colline ;
Quelque part chante un laboureur.
Au-dessus de l'eau le bosquet

Se détache en noir ; autrefois
Y sont venus des Polonais.
Les tertres qui servent de tombe
Bleuissent au-dessus du Dniepr ;
Un bruissement court la chênaie
Et les osiers touffus murmurent.
La jeune fille dort toujours
Sous le chêne près du sentier.
Évidemment elle dort bien,
Sinon n'entendrait-elle pas
Le coucou chanter dans le chêne
Et ne compterait-elle pas
Ce qui peut lui rester à vivre ?
Sans doute elle s'est endormie,
Elle dort très profondément.

Pendant ce temps-là, le Cosaque
Sort de la chênaie ; son cheval,
Un cheval noir, marche, avec peine.
« Tu tombes de fatigue, ami !
Va ! Nous allons nous reposer
Aujourd'hui car non loin d'ici
Se trouve déjà la chaumière
Où demeure une jeune fille
Qui, pour nous, ouvrira sa porte.
Mais il se pourrait que déjà
Pour un autre elle l'ait ouverte.
Plus vite, mon cheval, plus vite !
Hâte-toi de rentrer chez nous ! »
Le cheval noir est fatigué,
Il ne cesse de trébucher.
Le cœur du Cosaque, on dirait,
Est serré par une vipère.
« Voilà le chêne au lourd feuillage.
C'est Elle ! Dieu ! Elle ! Regarde,

Qui m'attendant s'est endormie,
Ma colombe aux ailes bleu-noir. »
Il descend de cheval, s'approche :
« Mon Dieu ! » et l'appelle, et l'embrasse,
Mais tout cela ne sert à rien.
« Pourquoi nous avoir séparés ? »
Alors éclate un rire fou.
Il part, il crie, prend son élan,
De sa tête cogne le chêne.

Les jeunes filles vont aux champs,
Vont à la moisson en chantant
Les adieux d'un fils à sa mère,
Le combat des Tatars la nuit.
Elles avancent, tout à coup
Sous le chêne vert aperçoivent
Un cheval mourant de fatigue
Et voient gisant auprès de lui
Une jeune fille, un Cosaque
Tout jeune aussi. Elles s'approchent,
À vrai dire plutôt curieuses,
Mais aussi pour leur faire peur,
S'approchent donc à pas de loup,
Mais quand elles voient qu'il est mort
La panique aussitôt les prend.

Les jeunes filles se rassemblent
Toutes elles essuient leurs larmes,
Aussi les garçons se rassemblent,
Se mettent à creuser des fosses.
Les popes avec leurs bannières
Arrivent pendant que les cloches
Commencent à sonner. Ils sont
Tous venus pour les enterrer
Ainsi que la loi le prescrit.

Deux tombes furent élevées
Dans le seigle, au bord du chemin.
Personne à pouvoir demander :
Pourquoi ces deux ont-ils péri ?
Dans la terre où gît le Cosaque
On planta platane et sapin,
Au-dessus de la jeune fille
Un obier rouge fut planté.
Le rossignol et le coucou
Viennent chanter au-dessus d'eux.

Chaque nuit vient le rossignol,
Chante jusqu'à ce que la lune
Se lève et sortent les ondines
Du fleuve pour se réchauffer.

Saint-Pétersbourg,
1837 (?).

Mes pensées, mes pensées

Mes pensées, mes pensées,
Vous m'en donnez du mal.
Pourquoi vous êtes-vous
Rangées sur le papier
En si tristes colonnes ?
Pourquoi donc dans la steppe
Le vent ne vous a-t-il
Éparpillées ainsi
Que des grains de poussière ?
Et pourquoi le malheur
Ne vous endort-il pas
Comme son propre enfant ?

Car le malheur vous a donné le jour afin
De se moquer de vous. Puisque ce sont les larmes
Qui vous ont arrosées, alors pourquoi ces larmes
Ne vous ont-elles pas noyées, ô mes pensées,
Emportées dans la mer, détrempées dans les champs ?
On ne me demanderait pas pourquoi je souffre
Et maudis mon destin et languis dans ce monde.
« C'est bon !... C'est bon !... » On ne m'aurait pas dit ces mots
Pour se moquer... Mes fleurs, mes enfants ! Ah ! Pourquoi
Vous aimais-je, pourquoi prenais-je soin de vous ?
Y a-t-il un seul cœur au monde pour pleurer
Comme avec vous je pleure ? Peut-être il en est un
Peut-être qu'il se trouve un cœur de jeune fille,
Des yeux bruns pour pleurer
Parce que ces pensées...
Moi, je ne les veux plus.

Ah ! Si de ces yeux bruns
J'arrachais une larme,
Je serais pour de bon
Le seigneur des seigneurs...
Mes pensées, mes pensées
Vous m'en donnez du mal.

Pour des yeux bruns, des sourcils noirs,
Le cœur s'envolait et riait,
Le cœur s'épanchait en paroles,
S'épanchait comme il le pouvait,
Il s'épanchait pour des nuits noires,
Pour une verte cerisaie,
Des caresses de jeune fille...
Mais pour les steppes, pour les tombes
Qui couvrent la terre d'Ukraine
Le cœur ne voulait plus chanter,
En exil le cœur se serrait.
Dans la neige, dans la forêt,
Il ne voulait pas rassembler
Les nombreux Cosaques portant
Bannières, bâtons d'ataman,
Pour venir et tenir conseil...
Non ! Que les âmes des Cosaques
Restent en Ukraine, là-bas,
Où le pays est vaste et gai...
Comme est la liberté perdue,
Là-bas le Dniepr est aussi large
Qu'une mer, la steppe est sans fin,
Là-bas les Zaporogues mugissent,
Les tombes sont comme des monts.
C'est là que naquit et vécut
La liberté pour les Cosaques,
C'est là qu'elle a couvert les champs
Avec des seigneurs polonais

Aussi bien qu'avec des Tatars.
A couvert les champs de cadavres
Jusqu'à ce que le sol soit froid...
Elle s'est couchée, se repose...
La tombe entre-temps s'éleva,
Au-dessus d'elle un aigle noir
Plane et vole pour la garder.
Les *kobzars* reprennent, racontent
Son histoire dans les chansons,
Racontent les anciennes gestes.
Ils sont habiles dans leur art,
Les *kobzars* aveugles...
Mais moi,
Mais moi je ne sais que pleurer,
Verser des larmes sur l'Ukraine
Et quant aux mots, je n'en ai plus.
Oh ! Le malheur, qu'il disparaisse !
Qui donc ne l'a pas éprouvé ?
Et pour celui-là qui contemple
Avec son âme les humains,
Ce qu'il trouve c'est un enfer
Sur cette terre. Quant aux cieux !...

Ce ne sont pas les plaintes
Qui changeront mon sort
Envié par personne.
Que dure la misère,
Et je la garderai
Et je la cacherai.
Sur mon cœur, la vipère,
Pour que mes ennemis
Ne puissent voir comment
Le sort de moi se moque.
Que ma pensée s'envole,
Que ma pensée croasse,

Que ce soit en cachette
Que mon cœur chante et pleure
Comme le rossignol !
Ils ne les verront pas,
N'en riront pas les hommes,
N'essuyez pas mes larmes,
Qu'elles coulent, arrosent,
Cette terre d'exil
Chaque jour, chaque nuit,
Jusqu'à ce que les popes
Enfouissent mes yeux
Dans le sable étranger !
Voilà... Que puis-je faire ?
Inutile tristesse !
Que Dieu punisse qui voudrait
Envier son sort à l'orphelin.

Mes pensées, mes pensées,
Ô mes fleurs, mes enfants,
Que ferais-je de vous
De qui j'ai tant pris soin ?
Allez donc en Ukraine,
Enfants, dans notre Ukraine.
Comme les orphelins
Vous longerez les baies.
Quant à moi, c'est ici
Qu'il me faudra mourir.
Vous trouverez là-bas
Une vraie affection
Et des paroles tendres,
Vous trouverez là-bas
La vérité sincère,
Qui sait, même la gloire...

Ma mère, mon Ukraine,
Accueille-les chez toi
Mes candides enfants
Comme ton propre enfant.

Saint-Pétersbourg,
1839

Vie et œuvres de Taras Chevtchenko

Tableau synoptique

	CHEVTCHENKO VIE ET DATES DE PARUTION DE SES ŒUVRES	ÉVÉNEMENTS DE LA LITTÉRATURE RUSSE ET UKRAINIENNE*
1814	Naissance le 8 mars, à Morintsy, près de Kiev. Fils d'un paysan serf, Taras Chevtchenko appartient au propriétaire foncier Engelhardt.	Naissance de Mikhaïl Lermontov, Mikhaïl Bakounine.
1815		
1816		
1817		
1818		Naissance d'Ivan Tourguéniev.
1819		
1820		Naissance d'Afanasi Fet, Alexeï Pisemski.
1821		Naissance de Fiodor Dostoïevski.
1822		
1823	Mort de sa mère. Son père se remarie. Relation conflictuelle avec sa belle-mère.	Naissance d'Alexandre Ostrovski. *Eugène Onéguine* d'Alexandre Pouchkine.
1824		

ÉVÉNEMENTS DE LA LITTÉRATURE MONDIALE	ÉVÉNEMENTS MONDIAUX
Waverley de Walter Scott. *Le Corsaire* de Lord Byron.	Congrès de Vienne. Exil de Napoléon. Restauration des Bourbons en France.
	Les Cent-Jours : deuxième exil de Napoléon Ier. Formation de la Sainte-Alliance.
Naissance de Charlotte Brontë.	
Mort de Mme de Staël.	
Naissance d'Emily Brontë, Joseph Roumanille.	Naissance de Karl Marx.
Naissance de George Eliot, Gottfried Keller, Herman Melville, John Ruskin, Walt Whitman.	Simón Bolívar commence la guerre d'indépendance des pays hispano-américains contre l'Espagne.
	Naissance de Friedrich Engels.
Naissance de Charles Baudelaire, Gustave Flaubert.	Mort de Napoléon Ier. Révolution grecque contre la Turquie (1821-1829).
Mort de Percy Bysshe Shelley.	Naissance de Louis Pasteur.
Naissance d'Ernest Renan, Sándor Petőfi.	
Mort de Lord Byron. Naissance d'Alexandre Dumas fils.	Accession de Charles X au trône de France.

	CHEVTCHENKO VIE ET DATES DE PARUTION DE SES ŒUVRES	ÉVÉNEMENTS DE LA LITTÉRATURE RUSSE ET UKRAINIENNE*
1825	Mort de son père. La maison natale devient l'« enfer ». Est placé comme berger.	Naissance d'Alexeï Plechtcheïev. *Du malheur d'avoir de l'esprit* d'Alexandre Griboïédov.
1826		
1827		Naissance de Mikhaïl Saltykov-Chtchedrine.
1828		Naissances de Léon Tolstoï, Nikolaï Tchernychevski.
1829	Nommé laquais chez Engelhardt, dessine et copie les tableaux de la riche demeure.	Mort d'Alexandre Griboïédov.
1830	Avec son maître à Vilna (aujourd'hui Vilno), où il apprend le polonais.	
1831	Devient peintre de cour pour Engelhardt à Saint-Pétersbourg. Entre en apprentissage chez le peintre Vassili Chiriaev.	Naissance de Nikolaï Leskov. *Boris Godounov* d'Alexandre Pouchkine.
1832	Études de dessin.	
1833	Rencontre le peintre Ivan Sochenko, puis Karl Brioullov et Vassili Joukovski. Fréquente les milieux d'avant-garde. Premiers poèmes.	
1834		Naissance de Marko Vovtchok*.

ÉVÉNEMENTS DE LA LITTÉRATURE MONDIALE	ÉVÉNEMENTS MONDIAUX
Naissance de Maurus Jókai. *Les Fiancés* d'Alessandro Manzoni.	Mort d'Alexandre Ier et accession de Nicolas Ier au trône de Russie. Insurrection décembriste.
	Naissance de Wilhelm Liebknecht.
Mort de William Blake.	Intervention anglo-franco-russe contre les Turcs et les Égyptiens (guerre de libération de la Grèce).
Naissance de Henrik Ibsen, Jules Verne.	
Le Rouge et le Noir de Stendhal ; *La Comédie humaine* d'Honoré de Balzac ; *La Curée* d'Auguste Barbier.	Révolution de Juillet : accession de Louis-Philippe au trône. Révolte militaire à Varsovie (1830-1831).
Mort de Hegel. *Notre-Dame de Paris* de Victor Hugo.	
Naissance de Bjørnstjerne Bjørnson.	
Mort de Goethe, Walter Scott.	
Messire Thadée d'Adam Mickiewicz.	

	CHEVTCHENKO VIE ET DATES DE PARUTION DE SES ŒUVRES	ÉVÉNEMENTS DE LA LITTÉRATURE RUSSE ET UKRAINIENNE*
1835		*Taras Boulba* de Nicolas Gogol.
1836		*Le Revizor* de Nicolas Gogol. *La Fille du capitaine* d'Alexandre Pouchkine.
1837		Mort d'Alexandre Pouchkine. *Sur la mort de Pouchkine* de Mikhaïl Lermontov.
1838	Libéré du servage au prix de 2 500 roubles, peut-être admis à l'Académie des beaux-arts.	
1839	Découvre les chefs-d'œuvre de la littérature (Pouchkine, Gogol, Homère, Mickiewicz, Shakespeare, Goethe, Hugo, Walter Scott).	*Le Démon* de Mikhaïl Lermontov.
1840	Publication de *Kobzar*, succès immédiat. Les thèmes naturalistes de sa peinture l'isolent aux Beaux-Arts.	*Un héros de notre temps* de Mikhaïl Lermontov ; *À qui la faute ?* d'Alexandre Herzen.
1841	« Les Gaïdamak », poème sur la révolte paysanne de 1768.	Mort de Mikhaïl Lermontov.
1842	« L'Aveugle ». Délaisse le romantisme national pour des thèmes réalistes.	*Les Âmes mortes*, *Le Manteau* de Nicolas Gogol.
1843	Visite en Ukraine. Sa poésie se diffuse.	Naissance de Gleb Ouspenski.
1844	Retour à Saint-Pétersbourg. Poèmes révolutionnaires : « Le Rêve », « Caucase », « Gamalia », *L'Ukraine pittoresque* (eaux-fortes).	Mort d'Ivan Krylov.

ÉVÉNEMENTS DE LA LITTÉRATURE MONDIALE	ÉVÉNEMENTS MONDIAUX
Naissance de Mark Twain. *Contes* de Hans Christian Andersen.	
Naissance de Giosuè Carducci. *Les Papiers posthumes du Pickwick Club* de Charles Dickens.	
Mort de Giacomo Leopardi.	Accession de la reine Victoria au trône britannique.
Naissance de Sully-Prudhomme, Paul Cézanne.	Guerre de l'Opium opposant l'Angleterre à la Chine (1839-1842).
Naissance d'Alphonse Daudet, Émile Zola, Giovanni Verga.	
Mort de Stendhal.	
Mort de Friedrich Hölderlin.	
Naissance d'Anatole France, Paul Verlaine, Friedrich Nietzsche.	

	CHEVTCHENKO VIE ET DATES DE PARUTION DE SES ŒUVRES	ÉVÉNEMENTS DE LA LITTÉRATURE RUSSE ET UKRAINIENNE*
1845	Quitte les Beaux-Arts (sans le titre d'académicien) et se rend à Kiev.	
1846	Rencontre l'historien Nikolaï Kostomarov. Entre dans la Confrérie révolutionnaire Saints-Cyrille-et-Méthode.	*Pauvres gens*, *Le Double* de Fiodor Dostoïevski.
1847	*Trois ans* (poèmes de 1844-1847). Mars : arrestation des membres de la Confrérie. Déportation à Orenbourg puis à la forteresse d'Orsk. Devient soldat. Défense d'écrire et de dessiner.	Exil d'Alexandre Herzen. *Une histoire ordinaire* d'Ivan Gontcharov.
1848	Expédition scientifique en mer d'Aral. Ses croquis et aquarelles documentent les études menées. Écrit des poèmes autobiographiques, des chansons.	
1849	Retour à Orenbourg. Découverte d'écrits, de lettres, puis nouvelle déportation, cette fois à Novopétrovskoïé au Kazakhstan. Commence son journal.	Exil de Fiodor Dostoïevski, Alekseï Plechtcheev.
1850		

ÉVÉNEMENTS DE LA LITTÉRATURE MONDIALE	ÉVÉNEMENTS MONDIAUX
	L'Idéologie allemande de Karl Marx et Friedrich Engels.
Naissance de Henryk Sienkiewicz.	
Mort d'Emily Brontë, René de Chateaubriand.	Révolution de février en France : Louis-Napoléon Bonaparte élu président de la IIe République. Révolution de mars en Allemagne. Révolution d'octobre en Autriche. *Manifeste du parti communiste* de Marx et Engels. Mouvements révolutionnaires en Hongrie et en Bohême.
David Copperfield de Charles Dickens. Naissance d'August Strindberg. Mort de Sandor Petőfi, Edgar Allan Poe.	
Naissances de Pierre Loti, Guy de Maupassant, Robert Louis Stevenson. Mort de Balzac, William Wordsworth.	

	CHEVTCHENKO VIE ET DATES DE PARUTION DE SES ŒUVRES	ÉVÉNEMENTS DE LA LITTÉRATURE RUSSE ET UKRAINIENNE*
1851	Expédition dans les montagnes Karataou ; écrit des œuvres en prose (qui ne seront publiées que dans les années 1880).	
1852		*Mémoires d'un chasseur* d'Ivan Tourguéniev ; *Enfance* de Léon Tolstoï. Mort de Vassili Joukovski, Nicolas Gogol.
1853		Naissance de Vladimir Korolenko.
1854		*Adolescence* de Léon Tolstoï.
1855		*Récits de Sébastopol* de Léon Tolstoï. *Oblomov* d'Ivan Gontcharov
1856		*Chronique de famille* de Serge Aksakov. Naissance d'Ivan Franko*.
1857	Le 2 août : libération ; à Nijni-Novgorod 1857 du 20 septembre au 18 mars 1858. Interdit de séjour dans la capitale par le tsar Nicolas Ier.	*Jeunesse* de Léon Tolstoï.
1858	« Les Néophytes » (poème) ; Retour en mars à Saint-Pétersbourg via Moscou : il devient une sommité poétique et politique.	*Contes populaires* de Marko Vovtchok*. *Mille âmes* de Pisemski.

ÉVÉNEMENTS DE LA LITTÉRATURE MONDIALE	ÉVÉNEMENTS MONDIAUX
Exil de Victor Hugo. Mort de James Fenimore Cooper. *Moby Dick* de Herman Melville. *La Case de l'oncle Tom* de Harriet Beecher Stowe.	Coup d'État de Louis-Napoléon Bonaparte.
	Napoléon III couronné empereur des Français.
Naissance d'Arthur Rimbaud.	Guerre de Crimée, opposant la Russie à la France, la Turquie et l'Angleterre (1853-1856).
Mort d'Adam Mickiewicz. *Feuilles d'herbe* de Walt Whitman.	Accession d'Alexandre II au trône de Russie.
Mort d'Henri Heine. Naissance de George Bernard Shaw.	
Mort de Béranger, Musset. Naissance de Joseph Conrad. *Les Fleurs du mal* (Baudelaire). *Madame Bovary* (Flaubert).	
Naissance de Selma Lagerlöf.	

	CHEVTCHENKO VIE ET DATES DE PARUTION DE SES ŒUVRES	ÉVÉNEMENTS DE LA LITTÉRATURE RUSSE ET UKRAINIENNE*
1859	Dernière visite en Ukraine. Surveillé puis arrêté. Défense d'habiter l'Ukraine. Retour à Saint-Pétersbourg.	Mort de Sergueï Aksakov. Retour d'exil de Fiodor Dostoïevski. *Le Bonheur conjugal, Trois morts* de Léon Tolstoï ; *Un nid de gentilshommes* d'Ivan Tourguéniev.
1860	Nommé académicien graveur ; nouvelle édition de *Kobzar*.	Naissance d'Anton Tchékhov
1861	Le 10 mars : mort à Saint-Pétersbourg. Manifestations populaires. Sa dépouille est rapatriée en Ukraine. Son tombeau est surveillé par des polices armées, son œuvre mise à l'index par le pouvoir tsariste.	*Humiliés et offensés* de Fiodor Dostoïevski.
1862		

ÉVÉNEMENTS DE LA LITTÉRATURE MONDIALE	ÉVÉNEMENTS MONDIAUX
Mort de Washington Irving. *Mireille* de Frédéric Mistral.	Début de la deuxième guerre d'indépendance italienne (1859-1861).
	Guerre de Sécession aux États-Unis (1860-1865).
Naissance de Rabindranath Tagore.	Abolition du servage par Alexandre II.
Les Misérables de Victor Hugo.	Abolition de l'esclavage aux États-Unis par Abraham Lincoln.

Table

Les Éditions Seghers tiennent à remercier la succession Guillevic et André Markowicz de leur participation gracieuse à cette édition exceptionnelle dont les bénéfices seront intégralement reversés à l'Association Médicale et Caritative France-Ukraine (AMCFU).

L'association Aide Médicale et Caritative France-Ukraine (AMCFU) a été créée en 2014, à la suite des événements de Maïdan, par des professionnels de la santé et de la solidarité engagés dans les causes humanitaires.
Sa vocation est de créer une chaîne de solidarité de la France vers l'Ukraine en réponse aux besoins urgents et d'améliorer dans la durée la situation humanitaire en Ukraine.
Sa mission consiste à améliorer la situation sanitaire des établissements médicaux et des orphelinats ukrainiens, proposer un traitement médical et un accompagnement psychologique aux blessés de guerre, aux enfants malades et aux orphelins de guerre, favoriser leur accès aux soins, ainsi qu'à stimuler la coopération entre les professionnels de santé français et ukrainiens et le transfert du savoir-faire.
Les activités de l'association sont gérées par une équipe de bénévoles, et la totalité des fonds collectés est attribuée aux projets et aux bénéficiaires.

Depuis l'invasion russe du 24 février 2022, l'association envoie des convois humanitaires de matériel médical d'urgence et de médicaments pour aider à soigner les blessés, en partenariat avec des hôpitaux et des médecins français et ukrainiens. Cette action se concrétise par l'expédition de matériel médical d'urgence (trousses de secours médicales, pansements pour les plaies graves, respirateurs de transport, ambulances…) acheté grâce aux dons monétaires ou donné directement par des professionnels (hôpitaux, entreprises et administrations françaises).

Nos chiffres :

- 50 bénévoles en 2014, 300 bénévoles en mars 2022 ;
- 1 000 tonnes de matériel médical (tables d'opération, lampes scialytiques, amplificateurs de brillance, microscopes, coagulateurs, fauteuils dentaires, couveuses, lits médicalisés électriques, etc.) et de mobilier d'hôpital ont été envoyés pour rééquiper des hôpitaux ukrainiens entre 2014 et février 2022 ;
- 14 semi-remorques de 90 m³ et 17 ambulances ont été envoyés en Ukraine dans le premier mois suivant l'invasion du 24 février 2022.

Association Loi 1901 RNA W771011945 - SIRET 80795747700027
JO association n°1388 - 21 juin 2014
Web : https://amc.ukr.fr
Email : amc@ukr.fr
FB : http://www.facebook.com/amcfu

Composition et mise en pages
Nord Compo à Villeneuve-d'Ascq

MIXTE
Papier issu de
sources responsables
FSC® C003309

L'Éditeur de cet ouvrage s'engage
pour la préservation de l'environnement
et utilise du papier issu de forêts gérées de manière responsable.

Achevé d'imprimer en avril 2022
par Normandie Roto Impression s.a.s.
61250 Lonrai
Dépôt légal : avril 2022
Nº d'édition : 64187/01 – Nº d'impression : 2201744
Imprimé en France